Herta Andresen

Fuchs trägt Rasierwasser
und andere tierische und menschliche Geschichten aus Angeln

Herta Andresen, geb. Matthiesen, in Loitmarkfeld (Schwansen) geboren und in Faulückfeld (Angeln) aufgewachsen, lebt heute mit ihrem Mann Johannes in Schnarup-Thumby, einem Dorf in Angeln. Sie war viele Jahre im ambulanten Pflegedienst tätig und ist inzwischen in Rente.

Seit einigen Jahren sind ihre Gedichte in verschiedenen Anthologien beim Literaturpodium veröffentlicht worden. Einige Geschichten waren in den monatlich erscheinenden 5W-Heften, der Dorfzeitung für Schnarup-Thumby und Struxdorf, zu lesen.

Sie liebt die Natur, besonders die Betätigung im eigenen Garten, Yoga, das Malen, das Strümpfe-Stricken, das Lesen und das Schreiben von Gedichten und Geschichten.

Kontakt:
Tel. 04623 240 • mobil: 0174 9810430 • andresenschnarup@web.d

Herta Andresen

Fuchs trägt Rasierwasser

und andere tierische und menschliche Geschichten
aus Angeln

Mit Illustrationen von
Nathalie Gerboth

 tredition

Impressum

© 2022 Herta Andresen

Umschlaggestaltung: Herta Andresen mit tredition Cover-Designer
Cover-Illustration: Jennifer R. auf Pixabay
Illustrationen im Buch: Nathalie Gerboth
Fotos im Buch: Privatsammlung Herta Andresen
Lektorat, Korrektorat und Layout: Ulrich Barkholz
Version: 2

Druck und Distribution im Auftrag der Autorin:
tredition GmbH, Halenreie 40-44, 22359 Hamburg, Deutschland

ISBN
Paperback   ISBN 978-3-347-67827-9
Hardcover   ISBN 978-3-347-67837-8
e-Book   ISBN 978-3-347-67840-8

Inhalt

Vorwort

Schon immer habe ich gern geschrieben, über Erlebnisse mit Menschen und Tieren und darüber meine Gedanken zu Papier gebracht. Mir fiel irgendwann auf, dass ich mich dabei sehr oft in der Vergangenheit bewegte, auch mit Wehmut manche Erinnerung beschrieb. Ich überlegte: Wenn unsere Kinder und Enkelkinder sowie Urenkel meine Geschichten lesen, dann können sie es sich vielleicht besser vorstellen, wie manches früher mal war. Es hat sich so viel verändert. Nicht alles war besser, aber auch nicht alles war schlechter. Nur eben anders. Meine Geschichten erzählen ein wenig von früher, aber auch sehr viel von heute.

Auch unsere plattdeutsche Sprache kommt zu ihrem Recht. Für die korrekte Schreibung des Plattdeutschen übernehme ich aber keine Garantie! Viel Vergnügen beim Lesen!

Herta Andresen

Detlef Flüh
Versuch einer Buchbeschreibung

Mein Name ist Detlef Flüh. Ich bin Jahrgang 1955, mittlerweile im Ruhestand. Ich habe als Diakon im Ev.-Luth. Kirchenkreis Schleswig-Flensburg (früher Angeln) in der Erwachsenenarbeit mitgewirkt. Herta Andresen und ich stammen aus dem gleichen Dorf (Faulück), genauer dem Ortsteil Faulückfeld in der Landschaft Angeln.

Unsere Kindheit und Jugend erlebten wir beide in unseren Elternhäusern, auf kleinen, landwirtschaftlich bewirtschafteten Katenstellen, die durch wunderschöne Wälder und grüne Felder voneinander getrennt lagen. Wir beide sind aufgewachsen mit den gleichen (meist) herrlichen Gerüchen aus Kuhstall, Heu unterm Dach und Rübenschnitzeln im Winter. Diese haben sich als »Sehnsuchts-Aromen und Kindheitswelt-Geschmäcker« in unsere GENE eingebrannt. Herta ist zwar in Schwansen geboren, doch ist sie lebenslang eine echte Angeliterin gewesen. (Ich benutze das Wort »Angeliter« und nicht »Angelner«, auch wenn sich manch schlaue Leute darüber streiten mögen). Für auswärtige Leserinnen und Leser: Der Meeresarm »Schlei« ist die südöstliche »Trennungslinie« zwischen der Landschaft Angeln und Schwansen und trennt nicht nur Landschaften, sondern auch Menschen, Kulturen und Naturen.

Herta ist ein wenig älter als ich. Als Kinder hatten wir wenig miteinander zu tun; sie war eher eine Freundin meiner älteren Schwester. Doch uns verbinden die Erlebnisse und Bräuche unsere Kindheit und Grundschulzeit: wie Kindergilden in »Deslers Gasthof« in Karschau, der Weihnachtsmann (Max Schmidt) zur Adventsfeier in der Gaststätte »Boddelhoch« und natürlich der Konfirmationsunterricht im Rabenkirchener Pastorat mit dem damals schon alten, aber (für uns) sehr fortschrittlichen Pastor Müller. Ich könnte fortfahren mit der Aufzählung von Erinnerungen und Erlebnissen. Wichtig ist mir, dass Herta diese für mich (und vielleicht auch für die Leserinnen und Leser) wieder lebendig gemacht hat und aus den alten Erinnerungskisten hervor ans Tageslicht, in mein Bewusstsein geholt hat.

Die Gaststätten gibt es nicht mehr, Kaufmansläden schon lange vorher nicht mehr. Die Schulen sind ganz in den großen Zentralorten, noch nicht einmal Kirchengemeinden gibt es noch vor Ort. In Kuhställe und Schweineställe kommt man heute ohne Sicherheitsanzug nicht mehr herein, und Trecker fahren dürfen Kinder auf den »Monster-Trucks« schon überhaupt nicht mehr. Wo es einmal viele große typische Angeliter »Drei-Seiten-Bauernhöfe« in den Dörfern gab, praktizieren heute ein oder zwei »Agrar-Industrien« mit weithin sichtbaren Biogasanlagen. Die Gehöfte und Scheunen zerfallen oft oder werden zu Wohnungen umgebaut. Die Menschen wohnen nur noch in den Dörfern, arbeiten jedoch in den Zentren. Ein aktives Dorfleben mit Kommunikation und Nachbarschaften ist daher schwer herzustellen, nicht nur in Corona-Zeiten.

Die Welt verändert sich rasant, und wir gucken staunend vom Rand aus zu. Die vergangene Kindheitswelt war überhaupt keine »heile Welt«, die vergangenen Strukturen wahrlich keine »Gute alte Zeit«, die es zurückzuholen gilt, nein, bestimmt nicht! Es waren jedoch viel mehr sehr wichtige, manchmal traurige, aber vor allem schöne Erlebnisse und Erfahrungen, die es gilt zu achten und zu erinnern, also Wert zu schätzen.

Ich bin Herta sehr dankbar, dass sie mit ihren Geschichten und Texten diese Wertschätzung ermöglicht und so diese Erfahrungen erhalten bleiben. Hertas Erzählungen spielen in ihrer Heimat Angeln. Geschichten aus ihrer Kindheit, jedoch auch Geschichten aus der aktuellen Zeit. Sie spannt so einen Bogen von gestern zu heute und von Angeln zur weiteren Welt. Es gehört eben alles zusammen, alles ist miteinander verflochten. Wir leben auf dieser einen Welt gemeinsam und haben keine zweite Welt im Handschuhfach. Ich habe Herta erst vor wenigen Jahren »wiederentdeckt«. Mittlerweile zählen die gemeinsamen Spaziergänge, zusammen mit ihrem Mann, zu meinen seelischen Highlights. Wir haben uns angefreundet und merken, dass wir uns neben der gemeinsamen Vergangenheit gegenseitig unterstützen und uns aktuell tragen können.

Herta hat eine großartige Bibliothek und ist eine leidenschaftliche Leserin. Ich danke herzlich für die vielen, ausgesprochen besonderen Buchtipps, die ich nun selber mit Leidenschaft lese. Herta liebt ihren Garten, malt Bilder und hat schon seit einigen Jahren Texte aufgeschrieben. Endlich hat sie die Zeit und Energie gefunden, diese zusammen in Heft- und Buchform zu verfassen und anderen Mensch zum Lesen zu geben. Sie hat etwas zu sagen, sie regt zum Nachdenken an, sei es in die eigene Kindheit zu gucken, oder das Erlebte mit der Gegenwart zu verknüpfen. Ich habe mich sehr geehrt gefüllt, als sie mich bat, eine »Buchbeschreibung« abzugeben. Dazu ist nun dieser Text entstanden. Ich hoffe, den Leser oder die Leserin motivieren zu können, sich mehr mit Hertas Texten auseinanderzusetzen. Alles Liebe!

Detlef Flüh

Kreienschiet

He (oder se) licht op Krankenhus!

Ich hab mich gefragt, wieso es in unserem Plattdeutsch so heißt, denn wörtlich übersetzt bedeutet es doch, dass da jemand oben auf dem Krankenhaus liegt. Komische Vorstellung: oben auf dem Dach des Krankenhauses ein Kranker (in seinem Bett oder auch nicht). Da oben hat ja nur ein Rettungshubschrauber etwas zu suchen, ein Dachdecker oder sonstige Handwerker und im schlimmsten Fall ein Lebensmüder, der da bestimmt sonst nichts zu suchen hat, es sei denn, sein Ziel wäre in diesem Fall der freie Fall. »Op Krankenhus« ist ein plattdeutscher Ausdruck hier in Angeln. Ich habe ihn sehr oft gehört, auch schon als Kind und mir dann merkwürdige Szenen vorgestellt. Habe auch nachgefragt und zur Antwort bekommen, es sei plattdeutsch, und da sagt man es eben so!

De hett een anne Pann!

Irgendwie unlogisch. Wörtlich übersetzt hat da jemand etwas an seiner Pfanne, wenn es wohl auch heißen soll, dass mit der Pfanne nicht die Bratpfanne gemeint ist. Ein plattdeutsch vollkommen Unkundiger überlegt, was derjenige an der Pfanne – an der auf dem Herd wohlgemerkt – sitzen hat. Ein einigermaßen Plattdeutsch-Kundiger – so wie ich – fragt sich wohl, was es mit der Pfanne auf sich hat. Aber so genau weiß man es auch nicht. Mein Mann sagt, jemand der »een anne Pann« hat, sei ein wunderlicher Mensch, was auch immer das dann bedeutet. Wunnerlich ist auch so ein Wort mit mehreren Bedeutungen.

De woort sick immer wech!

… sagte ich selber, die ja auch ein bisschen Platt kann, als ich verzweifelt versuchte, eine Gardinenrolle der ganz alten Sorte auf die Schiene zu zwingen, die Gardine über meine Schulter hängend, oben auf der Trittleiter stehend, und mein Arm wurde allmählich lahm. Immer wieder kurz vorm Ziel rutschte das Ding an die Seite, und es musste nochmals versucht werden. Da hatte ich ja auf Platt gedacht! Trotzdem dachte ich darüber nach, über diesen Ausspruch: Wenn jemand im Wege steht, ein anderer will oder muss da unbedingt sofort vorbei, dann gibt's ein »Woor di wech!« zu hören. Kann auch sein, dass er jemanden vor Gefahr schützen will, eine Art »Pass auf!« auf Platt: »Woor di wech, door kümmt een Flaach!« Bei einigem Nachdenken fiel mir dieser Spruch auch wieder ein, nachdem meine Freundin mich daran erinnert hatte. Einer, der »sick wechwoort«, tritt beiseite, geht aus dem Weg. Oder will ein Zusammentreffen vermeiden. Wie die Gardinenrolle. Immerhin brachte sie mich dazu, über diesen Spruch zu schreiben!

All sunn Kreienschiet!
Bedeutet es, dass es nur das ist, was eine Krähe fallen lässt? (Möwenschiss bedeutet wohl etwas anderes als Kreienschiet?) Zu nichts nütze, unproduktiv, oder sogar wunnerlich? Oft gehört, oft auch abschätzig gemeint: Der oder die macht dies oder das – wozu überhaupt? Bringt doch nichts ein. Nutzlos. Wunderlich, absonderlich für den, der es so äußert, denke ich. Kann man so etwas denn auch googeln? Tatsächlich! Nachdem ich den Begriff eingegeben habe: Es gibt ein Buch mit dem Titel »Dummtüch un Kreienschiet«. Nun bin ich auch nicht klüger, aber als Dummtüch kann man Kreienschiet wohl nicht bezeichnen. Oder doch? Blödsinn kann Kreienschiet demnach nicht sein. Ich denke, es ist einfach für andere ein unverständliches Tun, wie oben schon genannt. Vielleicht sagt man ja über mich: »Wat se all mookt! All sunn Kreienschiet! Nu schrifft se ook noch!«

Das Poesiealbum

Im Januar 1960, zu meinem elften Geburtstag, bekam ich von einer Freundin aus der Nachbarschaft ein Poesiealbum geschenkt. Das war etwas Besonderes. Meist erhielt man Buntstifte, hübsche Stoff-Taschentücher, Briefpapier oder etwas zum Naschen. Ich habe auch einmal eine Sammeltasse bekommen; so etwas gehörte schon zur sogenannten Aussteuer.

In den fünfziger Jahren waren Poesiealben sehr in Mode. Einige Mädchen in meiner Klasse – sogar auch einige Jungen – hatten schon so ein Exemplar, und ich hatte bei einigen einen Spruch hineingeschrieben.

Nun besaß ich also selber eins. Ich freute mich sehr. Es war dunkelgrün mit einem geriffelten Muster, und mit goldener Schreibschrift stand »Poesie« darauf. Das Wort Poesie deutete ich als etwas besonders Schönes, also würden bestimmt lauter schöne Sprüche hineingeschrieben werden! Ich steckte es in meinen Ranzen und nahm es mit zur Schule. Unsere Schule war eine kleine Dorfschule, wie es sie zu der damaligen Zeit auf den Dörfern noch überall gab. Der eine Klassenraum war fürs erste bis vierte Schuljahr und der andere für die Großen. Ich sollte diese Schule bald verlassen und aufs Gymnasium kommen. Vorher galt es noch viele Andenken zu sammeln in Form von Erinnerungssprüchen in meinem Album. Oben rechts in die Ecke schrieb ich ganz dünn mit Bleistift die Namen derjenigen hin, die die Ehre haben sollten. Zuerst überreichte ich das Album unserem Lehrer, dann der Lehrerin. Die Großen, die bald die Schule verlassen würden, waren die nächsten, und dann kamen die Jüngeren dran. Fast alle ab viertem Schuljahr haben sich in meinem Album verewigt. Sehr gespannt sah ich jedes Mal nach, welcher Spruch mir zugedacht wurde. Oft verstand ich den Sinn noch nicht richtig. Immerhin war ich erst elf Jahre alt, und am wichtigsten waren für mich die schönen Schmuckbildchen, die manchmal sogar mit Glimmer verziert waren. Aber dann – ich las:

> *Wir sind nicht auf der Welt,*
> *um sie zu genießen und glücklich zu sein,*
> *sondern um unsere Schuldigkeit zu tun!*

Was sollte das denn? So was Blödes! Sollte ich etwa nicht glücklich sein dürfen? Das hatte doch bestimmt Maria nicht selbst ausgesucht! Ihre Mutter hatte es ihr sicher zum Abschreiben vorgelegt! Und wieso Schuldigkeit? Ich hatte niemandem etwas getan, hatte gar keine Schuld, und auch keine Schulden! Wozu sind wir denn auf der Welt? Welche Schuldigkeit sollen wir denn tun? Dieser Spruch beschäftigte mich sehr lange.

Er gefiel mir gar nicht. Ich sprach aber mit niemandem darüber. Es gibt noch einen Schuldspruch darin:

> *Vom Unglück erst zieh ab die Schuld,*
> *was übrig bleibt trag in Geduld.*

Was ich gar nicht verstanden habe, war Folgendes:

> *Prozessiert um eine Kuh,*
> *ihr legt ein Pferd noch dazu!*

Etwas, das ich schön fand, hatte die Lehrerin Frau Möller hineingeschrieben:

> *Die Liebe gibt Freude, die Tugend gibt Ruh,*
> *drum wähle sie beide, und glücklich bist du.*

Ja, da gab es etwas zum Freuen. Das hörte sich schon besser an!

Einige Tanten und auch die Großeltern ließ ich hineinschreiben. Von meiner Mutter habe ich leider keine Eintragung.

Mein Vater lebte damals schon nicht mehr. Die Jahrzehnte vergingen, das Poesiealbum landete zunächst in der Versenkung, ganz selten nahm ich es zur Hand. Mit der Zeit aber wurde es für mich ein wertvolles Erinnerungsstück. Ich verwahrte es sorgfältig.

Vor einigen Jahren hatte ich dann wieder Verbindung mit Maria, die mir diesen ungeliebten Spruch zugedacht hatte. Ich sprach sie darauf an, erzählte ihr meinen Ärger von damals. Sie wusste natürlich gar nicht, was sie in mein Album geschrieben hatte. Ganz logisch! Ich weiß ja auch nicht, was ich meinen Mitschülern damals hineingeschrieben habe. Ich glaube, das haben meistens die Mütter und Väter für ihre Kinder herausgesucht. Manche Seiten sehen nicht sehr ordentlich aus, auf anderen Seiten sieht man mit einem Lineal gezogene Linien. Einige schrieben auch mal kreuz und quer so über die Seite, als hätten sie dazu keine Lust gehabt. Wenn ich heute mein Album durchsehe und die Sprüche lese, höre ich dabei die Stimmen derjenigen, die es geschrieben haben. Ich kann mir die Kinderstimmen ins Gedächtnis rufen, so wie sie damals geredet haben. Ich sehe alle noch immer genau vor mir. Einige der damaligen Schreiberinnen und Schreiber leben nicht mehr. Es sind Eintragungen von 1960 bis 1965 enthalten.

Als ich Maria nach all den Jahren wiedertraf, da stellte ich fest: Sie hat nun die Stimme ihrer Mutter. Ihre Kinderstimme werde ich trotzdem nicht vergessen.

Ob es auch anderen mit mir so geht? Das Poesiealbum ist ein Stück Nostalgie. Ich freue mich, dass ich es immer noch habe. Und ich frage mich, wer von all den Mitschülern und Mitschülerinnen wohl noch sein Album hat. Ich würde zu gerne wissen, was ich damals hineingeschrieben habe!

Nachtrag: Die für mich reservierte Seite in Marias Poesiealbum war leider leer geblieben. Oben rechts in der Ecke steht mein Name, mit Bleistift hingekritzelt. Maria meinte, ich könne ja immer noch etwas für sie schreiben. Aber es sind inzwischen über sechzig Jahre vergangen. Was schreibe ich denn da für sie? Gute Frage!

Schweineleben – früher und heute

Ich habe mir Gedanken gemacht über das Leben der sogenannten Hausschweine. Ich möchte aufschreiben, warum ich Vegetarierin bin.

Ein Schwein ist ein Allesfresser, was von uns Menschen ja auch behauptet wird. Es ist sogar erwiesen, dass Schweinefleisch unserem menschlichen Fleisch sehr ähnlich ist. Davon profitiert die Medizin und somit auch wir Menschen. Schweine stinken. Das empfindet der Mensch so; wir Menschen mögen den Geruch nicht. Für uns stinken sie also.

Es gibt den Spruch: »Schwein gehabt!« Dieser Ausspruch ist sicher darauf zurückzuführen, dass jemand gut gegessen hatte. Arme Leute aßen früher selten Fleisch. Also hatte dieser Jemand das Glück gehabt, einen Schweinebraten essen zu können.

Schweine werden abgebildet als Glückssymbole, so wie ein Kleeblatt oder ein Schornsteinfeger. Und ein Sparschwein kennt wohl fast jeder, wenn auch nicht immer in Form eines Schweins, aber das Wort »Sparschwein« ist ein fester Begriff in unserer Umgangssprache.

Schweine sind kluge Tiere. Man sagt ihnen nach, genauso viel Intelligenz zu haben wie ein Hund. Ein Ferkel ist ein süßes, rosiges, weiches Tierchen, welches noch sehr schwach nach Schwein riecht. Die Haut fühlt sich fast seidig an. Die Menschen mögen kleine Ferkel, sagen: »Oh, wie niedlich!« Denn alles, was klein ist, ist niedlich. Aber die Menschen schlachten sie und verzehren sie. So ist es üblich; so war es immer schon. Für diesen Zweck werden sie gezüchtet.

Früher habe ich auch Schweinefleisch gegessen sowie Fleisch von anderen Tieren. Ich kannte es nicht anders. Gedanken gemacht habe ich mir als Kind darüber nie. Es war auch eine wichtige Einnahmequelle. Meine Eltern bewirtschafteten eine kleine Kate. Im Schweinestall war Platz für etwa zwölf bis vierzehn Schweine. Und hier beginnt die Geschichte, die ich den Schweinen widmen möchte:

Ich bin auf dem Land aufgewachsen; etwas abseits der Kreisstraße hinter dem Wald stand das Elternhaus. Wir hatten sieben Kühe, eine große Hühnerschar und mehrere Schweine. Im Stall waren drei abgeteilte »Schweinebuchten«. In der ersten hatte unsere Sau ihren festen Platz. Dort bekam sie auch ihre Ferkel, meist acht bis zehn Stück. Wenn sie der Muttersau weggenommen wurden, also groß genug waren, um gemästet zu werden, wurden sie auf die anderen Buchten verteilt. Es war Stroh darin; jeden Tag wurde ausgemistet, und es kam frisches Stroh hinein. Das gefiel den Ferkeln. Sie tobten dann im Stroh herum, jagten sich und hatten ihren Spaß. Sie hatten genug Platz. Wenn sie größer wurden, war der Platz etwas geringer, aber immer noch war genug Raum, um herumlaufen zu können. Es war immer spannend, wenn die Sau ihre Ferkel bekam. Meine Eltern saßen dann bei ihr, nahmen die Kleinen in Empfang und trockneten sie mit Stroh ab. Die Sau war friedlich und begrüßte ihre Kinder, die dann an ihren Zitzen lagen und saugten – ein schöner friedlicher Anblick. Manchmal war eines etwas kleiner als die anderen oder zu schwach und musste von meiner Mutter mit der Flasche aufgepäppelt werden, weil es sonst von den größeren Geschwistern weggeschubst werden würde. Ab und zu geschah es auch, dass ein Ferkel starb oder gleich tot zur Welt kam. Es konnte auch passieren, dass die Sau beim Hinlegen auf einem ihrer Ferkel landete. Das war nicht gut; es bedeutete den Tod für das arme Ding! Es kam nicht zu oft vor, aber das Risiko, auf diese Art ein Ferkel zu verlieren, gab es eben. Die Sau hatte aber genug Platz in ihrem Stall, war nicht in einem Gitter eingepfercht. wie es heutzutage in den »Schweinefabriken« zu sehen ist.

Die armen Sauen sind jetzt nur noch Ferkelproduzenten, haben gar keine Würde mehr. Unsere Sau durfte noch im Stroh liegen und hatte eine ganze Schweinebucht für sich allein! Nach einiger Zeit wurden die männlichen Ferkel kastriert, was mein Vater und mein Großvater erledigten. Keine schöne Tätigkeit. Und schmerzhaft für die Ferkel!

Wenn ich in den Schweinestall schaute, dann lagen alle Schweine friedlich im Stroh und dösten vor sich hin. Es war uns Kindern nicht erlaubt, jederzeit in den Stall zu gehen, weil dann die Schweine jedes Mal aufschreckten, und das sollten sie nicht. Aber wenn die Fütterung nahte und jemand die Tür zum Stall öffnete, dann ging das Geschrei los. Die Schweine sprangen sogar an den Trogwänden hoch und ihre Pfoten hingen über die Kante. So in Reih und Glied über die Trogwand schauend und mit dazugehörendem Schweinegeschrei erwarteten sie ihr Futter. Sie bekamen aus einer großen Tonne, die »Dranktunn« genannt wurde, Flüssigkeit in ihren Trog gegossen, und natürlich Schrot dazu. Wir hatten eine eigene kleine Schrotmühle. Es war meist das von uns selbst geerntete Korn, das dort gemahlen wurde. Manchmal gab es auch gedämpfte Kartoffeln für sie, außerdem noch Speisereste, Falläpfel und die Kartoffelschalen und Abfälle vom Gemüse-Putzen. Eine abwechslungsreiche Kost! In die Dranktunn gehörten Magermilch und die Molke von der Meierei; sie wurde jeden Tag in unsere Milchkannen gefüllt, nachdem die Kuhmilch dort angeliefert worden war. Sie roch säuerlich und nicht appetitlich. Aber die Schweine liebten sie.

Im Sommer bevölkerten zahlreiche Schwalben den Schweinestall. Sie bauten ihre Nester an der Decke. Die Fenster waren immer auf Kipp geöffnet. Natürlich gab es Fliegen im Stall, sehr zahlreich sogar. Darum brüteten ja auch die Schwalben dort. Sie fanden ihre Nahrung im Stall und ums Haus herum. Wo Vieh ist, da sind auch die Fliegen und die Schwalben. Früher kamen sie regelmäßig um den 20. April herum wieder bei uns an.

Heutzutage kommt keine Schwalbe mehr in einen modernen Schweinestall hinein. Wegen der Hygiene ist es nicht mehr erwünscht. Sogar im Schutzanzug werden die Ställe heute betreten, und das Schuhwerk wird desinfiziert.

Wenn früher die Schweine schlachtreif waren, wurden sie abgeholt und zum Schlachter in unserem Dorf gefahren oder zur Schlachterei in die nächste Stadt. Bis dahin hatten sie ein gutes Leben gehabt, so denke ich. So gut, wie es ein Schwein eben haben kann, das zum Schlachten und zum Verzehr gemästet wird. Im Herbst schlachteten wir jedes Jahr ein Schwein. Ein Schlachter ging von Haus zu Haus. Auf den Bauernhöfen wurde jedes Jahr eine Hausschlachtung abgehalten. Ich habe aus sicherer Entfernung um die Ecke geschaut und gesehen, was da passierte. Kinder hatten da nichts zu suchen. Das arme Tier hing auf einer Leiter und wurde aufgeschnitten, die Gedärme wurden herausgeholt und zum Teil sogar ausgewaschen, damit später die Wurst da hineingestopft werden konnte. In der Küche roch es nach Fett, der Fußboden war fettig, Mutter und Großmutter hatten viel zu tun. Das Fleisch wurde zerteilt, einiges davon zu Hackfleisch durchgedreht für die Mettwurst und das meiste in Weckgläser eingekocht. Eine Gefriertruhe hatten wir in den fünfziger Jahren noch nicht. Leberwurst wurde gekocht, der größte Teil auch in Weckgläser gefüllt und zum Teil in Därme gestopft und geräuchert. Griebenschmalz, noch warm auf Schwarzbrot, schmeckte mir gut. Sauerfleisch und ein großer Tontopf mit Schmalz wurden in den Keller gebracht. Die übliche »Frische Suppe« wurde am Tag nach dem Schlachten gegessen, mit Fleisch- und Mehlklößen, mit Suppengrün gekocht, auch mit Reis dazu. In den Reis gehörten Rosinen.

Anderenorts wurde mit Schweineblut das Schwarzsauer gekocht, eine beliebte dicke Suppe mit Schweinepfoten und dem Schweineschwanz darin; das Gericht wurde »Schnuten un Poten« genannt. Bei uns gab es diese Spezialität nicht, stattdessen eine Suppe ohne

Blut genannt »Weißsauer« oder auf platt »Wittsuur.« Meine Mutter mochte die Blutsuppe nicht. Ich mochte sie auch nicht und musste sie nicht essen. Ich fand, dass sie merkwürdig roch und hätte sie nicht essen können.

Es sah eklig aus, wie mein Großvater den »Steert« und die Pfoten ablutschte. Der fettige Mund und seine fettigen Finger, das Ganze ekelte mich sehr. Er machte sich lustig über mich, weil ich es gar nicht lustig fand. Ich aß nur trockene Kartoffeln. Den eingesalzenen Schinken, die Mettwürste und die in Därme gepresste Leber- und Blutwurst sowie einige Speckseiten brachten wir zum Nachbarn, der auf dem Boden eine Räucherkammer besaß. Später hingen dann die fertig geräucherten Köstlichkeiten bei uns auf dem Hausboden unter dem Strohdach.

Ich war manchmal in den Ferien bei meiner Großtante zu Besuch, deren Sohn eine Bäckerei betrieb. Dort wurden auch immer ein paar Schweine gemästet, weil viele Kuchen- und Brotreste anfielen. Damit wurden die Schweine gefüttert. Solche Leckereien bekommen die heutigen Schweine wohl nicht mehr.

Als ich älter wurde, taten mir die Tiere nach und nach immer mehr leid. Aber trotzdem aß ich Fleisch, weil es eben so üblich war und mir auch schmeckte; ich hatte von Vegetariern noch nichts gehört.

Mit sechzehn Jahren bekam ich meine erste Arbeitsstelle in einer Schlachterei. Ich war dort für den Haushalt angestellt. Nun erlebte ich aus nächster Nähe, wenn dort Schweine und Rinder angeliefert wurden. Das Vieh hatte Angst. Das war deutlich zu hören und zu sehen! Es wehrte sich, wenn es vom Wagen herunter musste. Ich hörte das Schimpfen der Männer, das Schlagen aufs widerspenstige Tier, das Knallen und dann den Sturz, den Zusammenbruch nach dem Bolzenschuss. Ich hörte die Schlachtgeräusche, das Brüllen, das Geschrei, die Todesangst der armen Geschöpfe. Ich sah im Hof die Knochen herumliegen, roch die Verwesung, roch den Tod. Wenn ich im Laden aushalf, um dort mit sauberzumachen, konnte ich den Fleischgeruch kaum aushalten. Ich war froh, als dort meine Tätigkeit früher als gedacht endete!

Ich arbeitete danach nebenan auf einem Hof, musste das Taubenschlachten mit ansehen. Es wurde nicht von mir verlangt, es selber zu tun, aber ich hielt ein Bündel zuckender Tauben ohne Köpfe in den Händen. Es war grausam; ihnen wurden die Köpfe abgerissen, einfach zwischen Zeige-und Mittelfinger geklemmt und mit einem Ruck gezogen, so wurde es gemacht! Sie wurden aus dem Taubenschlag geholt, bevor sie flügge waren und fortfliegen konnten. Gegessen habe ich sie auch. Gebratene Tauben waren eine Delikatesse.

Ich musste Hühner und Gänse ausnehmen, Hasen enthäuten, und alle diese Tätigkeiten schienen mir ganz normal, auch wenn ich es nicht gern tat. Am schlimmsten fand ich es, Hühner zu rupfen und sie anschließend über Brennspiritusfeuer abzusengeln, dann aufzuschneiden und sie auszunehmen. Es war so ein furchtbarer Geruch.

Ich glaube, es gab bei uns auf dem Land in den sechziger Jahren noch keine Vegetarier. Sonst hätte ich sicher davon gewusst. Als ich verheiratet war, es war die »Flower-Power-Zeit«, wurde schon mal darüber geredet. Ich dachte öfter: Das würde ich auch gern miterleben, diese friedliche Bewegung! Aber es war so weit weg vom Dorf, zu uns kam so etwas nicht. Eigentlich wäre ich damals gern ein Vegetarier geworden.

Aber wenn jemand über den Vegetarismus sprach, wurde diese Lebensweise nur lächerlich gemacht und diese Leute wurden oft »Spinner« genannt! Ich machte mir meine Gedanken dazu nur heimlich, sprach nicht darüber. Ich kochte »normal«.

Es sollte noch ein paar Jahre dauern, bis ich zur Vegetarierin wurde – es geschah 1985. In zweiter Ehe verheiratet hatte ich dort von gesunder Ernährung inzwischen schon sehr viel erfahren. Wir aßen kein Schweinefleisch mehr, nahmen Vollkornreis statt des polierten, setzten Sauerteig an und hatten unser eigenes selbst geknetetes Schwarzbrot. Ich war die erste, die kein Fleisch mehr aß. Lange vorher dachte ich: Das kann ich meiner Familie nicht antun! Aber nach einiger Zeit machte mein Mann mit, obwohl er es sich zuerst überhaupt nicht vorstellen konnte. Er schenkte mir zum Geburtstag ein Kochbuch von Barbara Rütting. Nun fiel es mir leicht, ein fleischloses Gericht zu kochen. Nur das Fleisch weglassen, das ist nicht die richtige Methode; es fehlen dem Körper dann wichtige Nährstoffe.

Wir hatten eine Landwirtschaft mit Schweinen und Kühen. Es fiel meinem Mann schwer, sein Vieh zum Schlachter zu bringen. Besonders, als er unseren großen Limousin-Bullen – er hieß Udo – dort abliefern musste. Das Tier vertraute ihm so total, und dann musste er ihn abstechen lassen! Und ich habe das Brüllen noch im Ohr von unseren gemästeten Jungbullen, wenn sie zum Abholen auf den Anhänger mussten. Natürlich wehrten sie sich. Die Krönung war das Schlachten von unseren vier Puten. Diese Angst des Federviehs, und wie sehr sie sich wehrten! Niemals wieder wollte ich so etwas erleben und noch daran teilhaben!

Irgendwie kamen wir dann auch auf den »Gesundheitsberater« vom Emu-Verlag. Da hatten wir Aufklärung und Informationen und wussten: Wir waren auf dem richtigen Weg.

Viele Jahre sind inzwischen vergangen. Wir betreiben schon längst keine Landwirtschaft mehr. Nur ein paar Hühner leben noch bei uns. Wir essen ab und zu ein Frühstücksei. Unsere Hühner dürfen draußen laufen. Sie werden meist sehr alt und sterben an Altersschwäche. Wir holen uns ab und zu ein paar Junghühner, oder wenn es glückt, kommen im Sommer ein paar Küken dazu, weil ein Huhn irgendwo sein Eiernest versteckt und gebrütet hat.

Wir hatten eine Zeitlang zwei Gänse, die »nur so« hier dabei sein durften. Sie waren gesellig, kamen oft zur Hintertür, wollten gern bei uns sein. Wenn jemand Fremdes auf den Hof kam, machten sie Lärm. Der Ganter hat die Hühner beherrscht, hat auch einige ziemlich am Federkleid ramponiert. Die Gans wurde nach ein paar Jahren krank und starb. Nun war der Ganter einsam. Man sah es ihm richtig an, wie er da so allein herumstand. Er tat uns sehr leid. Er ging nicht mehr in den Stall zu den Hühnern, hielt sich meist nur noch draußen auf. Dann holte ihn der Fuchs.

Wir leben vegetarisch, auch oft vegan, sogar manchmal rohköstlich. Und das seit über 30 Jahren! Uns wurde oft von den Mitmenschen versichert, dass wir ungesund leben – es würde uns sicher etwas fehlen ohne Fleisch. In den ersten Jahren haben wir uns oft wie Exoten gefühlt. Inzwischen ist es überall normal, Vegetarier zu sein, und wir werden von Veganern schon schief angesehen, weil wir noch tierische Produkte wie Quark und Käse (ohne tierisches Lab) und vor allem Eier zu uns nehmen. Aber es ist vom lebendigen Tier, und wir schränken es ein. Kuhmilch kommt bei uns nicht mehr ins Haus, nur noch pflanzliche, wie zum Beispiel Hafermilch.

Um noch einmal auf die Schweine zurückzukommen: Wenn ich so einen Schweinetransporter sehe, erinnert mich das Ding an einen »KZ-Wagen«. Eingepfercht, gestapelt sogar, werden die armen, wehrlosen Tiere weite Wege transportiert, um dann in die »Tötungsstationen«, die Großschlachtereien, zu gelangen. Per Fließband werden sie getötet, vielleicht auch mit Gas, aber wohl meist mit einem Stromschlag, ausgeweidet, zerstückelt, industriell verarbeitet. Ein Schwein hat gar keine Würde mehr. Makaber: Auf den Lastwagen oder Fleischtransportern sind oft »glückliche« Schweine abgebildet. Glückliche Schweine? Es mag Betriebe geben, wo ein Schwein noch ein einigermaßen erträgliches Schweineleben hat, zum Beispiel auf den Biohöfen, wo es noch im Stroh liegen darf oder sogar an der frischen Luft gehalten werden kann. Das Ende ist aber das gleiche. Ich will nicht missionieren! Ich habe selbst viele Jahre

Fleisch gegessen. Jeder muss für sich selber entscheiden, wie er leben will, oder was er essen möchte. Eine ganze Industrie hängt heute daran. Die Bauern sind heute Fleischproduzenten in ganz großem Ausmaß. Schweinefabriken stehen in unserem Land – sehr, sehr viele.

Kleine Bauernhöfe gibt es nicht mehr. Die Kuhställe werden immer größer. Zum Teil darf eine Kuh nicht mehr auf die Weide; das Futter wird in den Stall gefahren. Statt frischen Grases gibt es Silage. Roboter erledigen das Melken. Die Landwirte kennen die Kühe nicht mehr mit Namen, weil es zu viele sind. Jede Kuh bekommt sicher eine Nummer. Unsere Kühe hatten Namen, und ich erinnere mich an Beate, Ulla, Wilma, Traute und Adele. Ich weiß aber, dass unsere Kühe eine Ohrmarke hatten. Die Sau hatte keinen Namen, aber sie wurde getätschelt. Es wurde mit ihr geredet, und wenn sie trächtig werden sollte, dann wurde der Eber vom Nachbarn geholt.

Die Zeit lässt sich nicht zurückdrehen, aber ich hoffe, dass immer mehr Menschen sich überlegen, ob sie noch Fleisch essen wollen. Ich wünsche mir für die Tiere, dass immer mehr Landwirte den Weg zu einer für Tiere erträglichen Haltung und Art und Weise der Behandlung finden. Ich denke, dass viele Landwirte selbst genau wissen, was sie den Tieren und der Umwelt antun, aber die Umstände, zum Beispiel das Finanzielle, hindert sie daran, ihre Fleischfabrik zu schließen oder eine andere, verträglichere Landwirtschaft zu betreiben. Sie wagen es nicht oder können es nicht tun; es würde ihre Existenz vernichten.

Ich bin davon überzeugt, dass immer mehr Menschen eines Tages kein Fleisch mehr essen werden, auch keinen Fisch. Es wird sicher noch viele Jahre dauern, bis der letzte »Schweine-KZ-Wagen« gefahren ist. Wenn ich so einen Wagen sehe, dann wünsche ich den Schweinen in Gedanken alles Gute und sage ihnen, dass sie mein Mitgefühl haben. Mancher mag drüber lächeln. Es ist das, was ich für sie tun kann! Ich sehe ihr Elend. Aber ein Anfang in eine neue

Zeit, in eine neue Esskultur, ist zu erkennen. Das macht mir Hoffnung – Hoffnung für die Schweine, Hoffnung für die Tiere!

Das Elternhaus

Ein Familienfest wird gefeiert. Es ist die Taufe der Zwillinge, der Kinder meiner Nichte. Also bin ich die Großtante. Es war alles sehr schön: die Zeremonie in der Kirche, das gemeinsame Mittagessen hier im Zelt. Es wird sich unterhalten, die Täuflinge sind friedlich, das Mädchen schläft und der Junge wird gestillt. Einige der Verwandten spazieren durch den Garten. Die beiden größeren Kinder spielen mit dem Ball. Später soll es Kaffee und Kuchen geben. Die Sonne scheint, und es weht ein frischer Wind. Ich ziehe meine Wolljacke an und gehe in den Garten.

Dies hier ist mein Elternhaus. Hier bin ich aufgewachsen, aber alles ist anders als früher. Jemand, der sehr lange nicht mehr hier war, würde sich nicht mehr zurechtfinden. Etwa zwei- bis dreimal im Jahr bin ich hier und beobachte, wie sich dieses Haus und die Umgebung mit den Jahren verändert hat. Es gab Jahre, da taten diese Veränderungen mir weh. Wohl auch, weil meine Großeltern und Eltern nicht mehr da waren.

Ich gehe den Gartensteig entlang zur Pforte, die in den Wald führt. Die Pforte ist schief; sie wird sicher selten benutzt. Zwischen zwei Bäumen war einmal eine Schaukel angebracht. Ich kann diese Bäume nicht mehr ausfindig machen. Ich erinnere mich: Ich sitze auf der Schaukel und kann die Beine dabei bis in den Knick hinein ausstrecken. Höher und höher geht es!

Der Knick ist lange nicht beschnitten worden. Die hinter dem Knick liegende Koppel war früher als Kälberkoppel benutzt worden. Nun ist das Gras sehr lang. Es ist ein Stück Naturwiese. Der Pächter bewirtschaftet dieses Stück Land nicht mehr. Ein Teil der Koppel gehört jetzt zum Garten und wird regelmäßig gemäht. Darauf stehen nun das große Zelt und ein Treibhaus. Ich gehe zurück, am Treibhaus und am Zelt vorbei und komme an einigen Apfelbäumen vorbei wieder zum Wald.

Das Haus ist von drei Seiten mit Wald umgeben; die Nordseite ist offen. Der Graben am Waldrand ist stellenweise zugewachsen. Von hier aus liefen wir Kinder in den Wald hinein. Rechts von mir ist immer noch eine Wiese. Hier hatten die Hühner ihren Auslauf.

Eigentlich betrachte ich gerade alles in drei Zeitebenen: meine Kindheit, meine Jugendzeit und die Zeit, als ich schon nicht mehr hier wohnte, aber meine Mutter regelmäßig besuchte. Meine Mutter lebt seit über zwanzig Jahren nicht mehr. Vor meinem inneren Auge läuft plötzlich alles wie ein Film ab. Mir ist sehr wehmütig zumute, fast weine ich. Ich sehe es genau vor mir: Da ist der große Buschholzhaufen und das aufgestapelte gesägte Brennholz, welches irgendwann mit der Schubkarre in den Holzschuppen gefahren wird. Daneben stehen Johannisbeerbüsche, Himbeersträucher und ein Pflaumenbaum. An den Holzschuppen gelehnt steht auf der linken Seite eine Leiter. Oben im Schuppen ist eine Luke. Dort hinter der Luke im Schuppen habe ich als Kind oft gesessen, im Dunkeln auf dort gelagerten Brettern, meistens wenn ich traurig war. Auf dem Schuppendach habe ich Romane gelesen, mich dorthin zurückgezogen, um meine Ruhe zu haben.

Rechts am Schuppen gab es den alten Haselnussbusch, eher schon ein Baum. An ihm konnte ich gut bis aufs Blechdach hinaufklettern. Die alte Eiche hinter dem Schuppen war manchmal voller Blattläuse, und Bienen summten darin. Dann war das Dach klebrig, und es war auch kein guter Aufenthalt dort oben – wegen der Bienen! Das Bienenhaus stand nicht weit weg am Waldrand.

Der Schuppen ist zur Hälfte noch vorhanden; irgendein Sturm hat ihn halbiert. Die Luke ist noch zu sehen. Irgendwann in nächster Zeit soll er ganz abgerissen werden. Das Bienenhaus gibt es nicht mehr. Die Eiche steht noch an ihrem Platz. Der Hühnerstall existiert noch, wird aber für andere Zwecke benutzt, ebenso die Waschküche

Mein Elternhaus in Faulückfeld, 1950

und der Kükenstall. Das Toilettenhäuschen ist schon lange nicht mehr da. Die moderne Zeit hat es überflüssig gemacht – in diesem Fall tut es wohl keinem leid!

Ich sehe, wie meine Mutter und meine Großmutter die Bettlaken aus dem Waschkessel in die Zinkwannen drücken, um sie zu spülen. Anschließend wringen sie sie aus, jede an einem Ende. Eine schwere Arbeit, besonders in der Kälte. Aber auch im Winter musste gewaschen werden. Ihre Hände waren so rot! An eine elektrische Waschmaschine dachte in den fünfziger Jahren noch niemand, jedenfalls nicht hier auf dem Land. Die Bettwäsche wurde im Hühnerhof auf die Wäscheleine gehängt und mit hölzernen Wäscheklammern befestigt. Im Winter fror sie auf der Leine steif. In der Waschküche wurden Hühner gerupft. Das Wasser zum wöchentlichen Baden wurde hier erhitzt. Zinkwannen standen zur Verfügung. Im Sommer fand alles draußen vor dem Schuppen statt. Manchmal war es ein großer Spaß. Es ist so lange her!

Ich gehe weiter ums Haus, hinter der Scheune entlang und erinnere mich an die Zeit, als hier noch ein Misthaufen war. Da ging ich noch nicht in die Schule. Später wurde der Dung hinter dem Holzschuppen abgelegt. Ab Herbst 1959 gab es hier keine Schweine und Kühe mehr, weil im Frühjahr mein Vater gestorben war. Jahre später wurden Kaninchen gemästet und für Ausstellungen gezüchtet. Jetzt sind die alten Ställe voller Baumaterial; eine Werkstatt ist vorhanden. Die Scheune ist keine Scheune mehr; zum Teil wurden Wohnräume unter dem Dach eingerichtet.

Am Weg zum Haus hinauf steht noch ein sehr alter Apfelbaum. Im letzten Jahr habe ich mir ein paar der gelben säuerlichen Früchte mit nach Hause genommen und sie »erinnerungsweise« gegessen. Der Baum ist krumm, und man sieht ihm sein Alter an. Aber er trägt noch jedes Jahr. Auf diesem Knick standen früher drei Apfelbäume. Jetzt ist nur noch »der Gelbe« übrig. Es sind an anderen Plätzen hier ums Haus herum neue Apfelbäume gepflanzt worden. Nur: Die alten Sorten bekommt man nicht mehr; ihre Namen sind uns auch nicht bekannt. Vorm Haus waren früher Stachelbeersträucher und ein Pflaumenbaum, der gelbe Früchte trug. An diesem Platz stand später eine Garage. Auch diese ist nicht mehr da.

Durch den ehemaligen Kuhstall gehe ich wieder nach vorne zur Südseite in den Garten. Mutters Garten gibt es natürlich nicht mehr. Keine Astern, keine Zinnien, keine bunten Sommerblumen. Kein mit Buchsbaum abgegrenzter Gartensteig. Aber Rosen gibt es noch, sogar einige, die meine Mutter noch gepflanzt hat. Eine totale Veränderung hat hier stattgefunden, es herrscht ein mediterranes Flair vor. Überall stehen nun Blumen in großen Töpfen und Kübeln. Eine neue Terrasse ist angelegt worden und ein Wasserlauf mit einer

Brücke befindet sich noch in der Entstehung. Sogar ein Feigenbaum wächst hier, und er trägt Feigen!

Ich sehe meinen Großvater im Gartenhäuschen sitzen. Es stand dort, wo nun der Wasserlauf geplant ist. Er hatte es selbst zurechtgezimmert. Die alten Fenster des Wohnhauses wurden nach Renovierungsarbeiten fürs Gartenhaus verwendet. Es stand ein altes Sofa darin. Darauf hielt er seine Mittagsstunden ab. An der Wand hing eine alte Uhr, die schon bei meinem Großonkel im Wohnzimmer die Zeit angezeigt hatte. Nachdem dieser Onkel gestorben war, bekam sie ihren Platz im Gartenhäuschen. Die alte Haustür mit den kleinen Glasfenstern wurde eingebaut; ein Schild hing darüber: »Waldesruh« stand darauf geschrieben. Es war ein gemütliches kleines Gartenhäuschen. So etwas findet man in keinem Baumarkt. Die alte Uhr hat ihren Platz bei mir erhalten. Im Esszimmer erinnert sie mich an die vergangenen Zeiten.

Langsam wird es Zeit, zur Festgesellschaft zurückzugehen. Meine Gedanken gehen noch mit mir mit: Dieses Haus ist nun auch das Elternhaus meiner Neffen und Nichten. Mein Bruder, der hier mit seiner Frau wohnt, hat vier Kinder, und nun mit den dazu gekommenen Zwillingen vier Enkelkinder. Seine Kinder sind heute hier alle anwesend, um die Taufe mit der Familie zu feiern. Mein Sohn, der heute nicht hier ist, bezeichnet dieses Haus noch heute als sein Elternhaus, weil auch er hier aufgewachsen ist.

So hat dieses alte Haus für einige Menschen eine große Bedeutung. Mein Bruder lebt hier und wird hier wohl auch bleiben. Auch er ist nicht mehr jung, nur wenig jünger als ich, und sicher werden auch ihm Gedanken im Kopf hin- und hergehen, die er als junger Mensch nicht kannte. Ich bin die Älteste in unserer Familie. Die Zeit bleibt nicht stehen. Veränderungen sind das normalste von der Welt. Es geht immer weiter. Alles fließt, sagt man. Und alles ist gut, so wie es ist. So lasse ich nun die Gedanken hinter mir zurück; ich schicke sie einfach fort und gehe zum Zelt, wo es ans Kaffeetrinken geht.

Abends zu Hause angekommen geht mir so einiges durch den Kopf: Ich habe ein Elternhaus, immer noch. Ich bin dort aufgewachsen, kann es besuchen, so oft ich will. Ich bin dort willkommen. Alle Erinnerungen sind in mir gespeichert, und ich kann sie jederzeit abrufen.

Ich stelle fest, wie gut ich es habe. So viele Menschen hatten nie ein richtiges Zuhause. Viele Menschen hatten ein Zuhause und mussten es verlassen. Nie mehr können sie zurückkehren, aus vielerlei Gründen. Viele Menschen sind aufgewachsen, ohne ein Elternhaus zu kennen. Viele Menschen sind als Waisenkinder aufgewachsen. Und viele Kinder durften nie wirklich Kinder sein. Das sind Tatsachen, die sich niemals ändern. Wenn ich so darüber nachdenke, schäme ich mich für die traurigen Gedanken, die mich überfallen hatten. Nichts bleibt wie es ist. Auch ich habe mich im Laufe meines Lebens immer wieder verwandelt. Wenn sich gar nichts verändern würde, so gäbe es diese Welt nicht. Wie hätte die Evolution stattfinden sollen?

Auch ohne Menschen verändert sich ein Haus, die Natur erobert es zurück. Wenn kein menschliches Leben mehr darin ist, so wohnen Pflanzen und Tiere darin, und irgendwann ist von einem Haus nichts mehr zu erkennen. Stillstand ist Tod, so wird gesagt, aber das ist für mich nicht so. Ich denke: Auch der Tod ist nur eine Veränderung. Jetzt freue ich mich über das Leben, über mein Leben. Ich wünsche meinem Elternhaus, dass weiterhin Jung und Alt es oft bevölkern mögen und vor allem, dass Frieden darin herrscht. Ich wünsche dem Haus, dass es erhalten bleibt und sich trotzdem weiter verändert. Ich wünsche mir für unsere Familie, dass wir uns noch lange alle dort wiedersehen können. Und ich danke dem Elternhaus und meinen Eltern und Großeltern, dass sie mir dort eine so schöne Kindheit ermöglicht haben!

Orkan »Christian«

Am 27. Oktober 2013 wird nach langer Zeit mal wieder ein Sturm angekündigt, dessen Stärke größer sein wird, also ein richtiger Orkan. Wetterexperte Meeno Schrader verkündet es im Schleswig-Holstein-Magazin. Hauptsächlich wird die Westküste betroffen sein, aber es fällt auch das Wort »Angeln«, als er das nördliche Schleswig-Holstein erwähnt. Ich habe Angst vor Unwettern, und meine Magengegend meldet sich schon bei dieser unangenehmen Ankündigung. Außerdem soll ich an dem Tag noch den Spätdienst fahren. Immer wieder wird dann am 28. Oktober schon morgens gewarnt vor dem, was da auf uns zukommen kann. Nachdem ich den Frühdienst beendet habe und wieder zu Hause bin, nimmt der Wind schon ständig zu. Mein Mann Johannes hat noch Blätter zusammengeharkt, was ich überflüssig finde, da es doch mehr Wind geben soll.

Orkan »Kyrill« vor ein paar Jahren betraf ganz Deutschland, und es wurde damals sehr gewarnt. Das Schlimmste traf bei uns dann nicht ein. Den schlimmsten Sturm hatten wir vor vierzehn Jahren, das war »Anatol«, der uns das Garagendach abhob und den neu gepflanzten Boskoop plattlegte. Der Baum ließ sich wieder aufrichten und trägt jedes Jahr.

Aber nun Sturm »Christian«: Ab 14 Uhr geht es richtig los! Irgendwie so ganz plötzlich und sehr stark. Der Druck aufs Haus und auch im Haus ist enorm; die Haustür bleibt abgeschlossen. Beim Durchs-Haus-Gehen spürt man den Druck. Es ist unheimlich. Die Blumentöpfe von der Terrasse und vor der Haustür fliegen durch die Gegend, und ich sehe aus dem Fenster, wie sehr sich die Büsche und Bäume biegen und wundere mich, dass die Tannen von gegenüber noch stehen.

Dann heißt es: »Die Treibhäuser sind beide kaputt!« Die Männer sind ja draußen und beobachten das Ganze, obwohl es sehr gefährlich ist. Es kracht ein großer Ast der schon kranken großen Kastanie auf das Schuppendach. Im Park sind zwei Linden umgefallen, eine größere und eine kleine. Der Pflaumenbaum, von uns der »Güllepott-Pflaumenbaum« genannt, (weil er neben dem Güllebehälter stand) ist mitsamt den Wurzeln herausgerissen worden.

Das Dach, das neue Dach der Scheune (wo die Mietwohnungen sind) hebt sich. Nur zufällig wird es bemerkt und kann mit einer sehr dramatischen Aktion gehalten werden. Der alte schwere David-Brown-Trecker wird vor die Hauswand gefahren, und dicke Seile werden an Dach und Trecker befestigt. Der Trecker hält das Dach! Wir sind so froh!

Der alte »saure« Apfelbaum vorn im Garten liegt auch auf der Seite. Eine der großen Linden hat einen dicken Ast verloren, aber sie steht noch, obwohl sie seit Sturm »Anatol« etwas schief ist. Noch einige Kleinigkeiten sind geschehen. Beim Parkausgang ist wieder mal die Holzkonstruktion umgefallen, und vorn im Garten das Tor, an dem die Clematis-Pflanzen sich so schön breit gemacht hatten, liegt auch auf der Seite. Einige Lamellenzäune sind kaputt. Das Terrassendach hat ein Loch. Während des Sturms bin ich von Zimmer zu Zimmer gerannt, habe aus allen Fenstern das Geschehen beobachtet und die Guten Mächte gebeten, gut auf alles aufzupassen, die Dächer festzuhalten, auch das Haus meines Sohnes und seine Garagen in Thumby zu beschützen. Ich habe mir Tee gekocht; der tut mir gut. Hündin Fanni liegt bei mir auf ihrer Matte, ganz entspannt. Bei Gewitter hat sie Angst, aber nun merkt man ihr nichts an. Vielleicht ein gutes Zeichen.

Ich höre im Radio die Meldungen. Dort heißt es, man solle zu Hause bleiben, möglichst das Haus nicht verlassen. Ich rufe bei meinem Chef an und frage nach, wie es mit dem Spätdienst werden soll. Er meint, dass gegen Abend der Sturm laut Wetterbericht abflauen soll. Wir werden nochmals telefonieren. Später rufe ich wieder an und sage, dass ich nicht losfahre heute. Meine Familie habe es mir verboten. Meine Schwiegertochter hätte mir dringend abgeraten. Und meine Angst ist auch zu groß. Inzwischen wurden die Patienten schon informiert, dass niemand zur Versorgung kommt und uns, dem Pflegepersonal, noch eine Rundmail gesendet, dass unsere Sicherheit vorgeht. Der Sturm flaut gegen 16:30 Uhr etwas ab. Dem Himmel sei Dank! Eine Kollegin ruft mich an, ob ich doch jemanden in Thumby noch versorgen könne. So fahren Johannes und ich gegen 17 Uhr los (allein hätte ich mich nicht getraut), bringen vorher Fanni nach Hause zu meinem Sohn, wie jeden Tag. Unterwegs sehen wir schon, dass der Sturm viele Zerstörungen angerichtet hat. Die Feuerwehr ist auch in Aktion. Wären wir früher gefahren, wäre kein Durchkommen möglich gewesen. Ich bringe Fanni ins Haus, will Licht machen und bemerke, dass der Strom ausgefallen ist. Draußen ist es auch schon fast dunkel. Ich gehe um das Haus herum und stelle voller Erleichterung fest, dass dort keine Schäden sind. Nur ein großer Busch im Knick ist umgefallen.

Bei dem Patienten, dem ich nur aus der Medibox seine Medikamente geben soll, ist auch kein Strom. Die Leute haben Kerzen an und mit einer Taschenlampe leuchten sie, damit ich alles finden kann. Dann fahren wir über Struxdorf zurück nach Hause und sehen, dass am Sportplatz nebeneinander sechs Bäume entwurzelt liegen. Die Feuerwehr hat die Straße schon freigeräumt. So viele Bäume sind einfach abgeknickt, zersplittert, entwurzelt oder verletzt! Es tut mir richtig weh, das zu sehen! Ein trauriger Anblick. Ich rufe meinen Sohn an und kann ihn beruhigen, dass sein Zuhause heil ist. Abends legt sich der Wind, als wäre nichts gewesen! Ich bin trotzdem noch sehr angespannt von allem.

Am nächsten Morgen auf dem Weg zu den Patienten sehe ich viele, viele Schäden links und rechts von der Straße. Überall ist etwas kaputt.

Bei fast jedem Haus oder Grundstück ist ein kleinerer oder größerer Sturmschaden. Die Gespräche heute drehen sich um den Sturm. Wenige alte Menschen haben aber tatsächlich gar nichts mitbekommen und wundern sich, was da passiert sein soll! Unsere Versicherung wird informiert, die Schäden fotografiert. Wie gut, dass wir versichert sind! Aber wir sind gut davongekommen und sind sehr dankbar, dass nicht mehr passiert ist.

Danach: Die Aufräumarbeiten beginnen. Als ich mit Fanni spazieren gehe, den Feldweg entlang Richtung Loimoos, liegt da am Weg eine der großen Platten von unserem Treibhaus! Überglücklich klemme ich sie mir unter den Arm. Johannes findet dann bei weiteren Gängen mit dem Hund noch drei weitere Platten! Zwei liegen in der Überschwemmung, viel weiter weg bei Loimoos noch eine. So weit sind sie mit dem Sturm transportiert worden. Eine liegt in unserem Klärteich. Johannes meint, wir könnten das Treibhaus wieder zusammensetzen. Es ist nur auseinandergeflogen und nichts zerbrochen. Inzwischen ist jemand von der Versicherung hiergewesen, um die Schäden aufzunehmen. Alles sieht noch wüst aus. Was an Blumen noch blühte, liegt platt. Die meiste Laub ist abgeweht, alles fast kahl. Sehr herbstlich sieht es rund ums Haus aus. Die letzten Äpfel, die der Sturm heruntergeweht hat, sind zur Mosterei Steinmeier nach Kaltoft gebracht worden. Ein besonders großer Apfel des »Sauren« liegt in der Küche, ich rieche an ihm und stelle fest, dass er genauso riecht wie zu Hause in Faulückfeld die »Moosäpfel« gerochen haben, und er sieht auch so aus, hat auch das besonders weiße Fruchtfleisch und denselben Geschmack. Niemand weiß den richtigen Namen des Apfelbaumes. Nun ist wieder mal ein Apfelbaum der alten Sorten gestorben. Schade! Meine Schwiegertochter und ich verteilen bei den gefallenen Bäumen Räucherstäbchen, zünden sie an und danken ihnen. Sie hat schon mit den Bäumen Kontakt aufgenommen und wichtige Dinge dabei erfahren. Auch ich habe mit dem »Sauren« Kontakt aufgenommen, und es war sehr beeindruckend. Näheres werde ich an anderer Stelle notieren und auch die anderen Bäume noch befragen. Es ist wirklich spannend, welche Botschaften Bäume für uns Menschen haben und wieder mal gut zu wissen, dass wirklich alles lebt! Wenn's auch viele Menschen so nicht glauben.

Inzwischen wurden die gefallenen Bäume zum Teil schon zersägt. Sie dienen uns nun als Brennholz. Unsere Kinder wollten am 31.10. mit dem Zug nach Berlin, um von dort ihre große Reise nach Chile und Peru anzutreten. Es fuhr aber die ganze Woche noch kein Zug, weil überall Bäume auf den Gleisen lagen und es mit den Aufräumarbeiten nicht so schnell voranging. So mieteten sie sich ein Auto und gaben es in Berlin wieder ab.

Heute ist es wieder sehr stürmisch. Es wurde vom Wetterbericht gemeldet, dass es an der Westküste stürmen soll, hier bei uns wohl nicht so sehr. Ich hoffe, dass alles ruhiger bleibt. Jetzt zeigt sich sogar die Sonne. Es ist November, und wir können das Wetter nun mal nicht beeinflussen. Wir können aber um Schutz bitten und um Bewahrung.

Schnarup, am 3.11.2013

Inzwischen hat über den Philippinen der Super-Taifun »Hayan« gehaust und wir werden ganz still, denn dort geht es um das nackte Überleben!

Ich denke an die Menschen dort; die Bilder von der totalen Zerstörung sind grauenvoll, so wie in Japan, als dort die große Flutwelle kam und alles mit sich riss, und jederzeit kann in den gefährdeten Ländern wieder so etwas passieren. Dort ist es Alltag, sich darauf einstellen zu müssen.

Nachtrag am 17.11.2013

Fuchsjagd

Ein Sonntagvormittag im Januar. Es hat gefroren. Ein wenig ist die Erde von Schnee überpudert worden. Der Wind ist kalt, aber erträglich, und wir beschließen, noch vor dem Mittagessen einen Spaziergang zu machen. Wir nehmen die Walkingstöcke zur Hand, und los geht's! Die zahlreichen Überschwemmungen auf den Feldern sind nun mit einer Eisschicht überzogen. An einigen Stellen hat sich das Wasser ganz zurückgezogen. Die Sonne lässt sich auch blicken. Es ist ein herrlicher Tag! So kann es gern noch eine ganze Weile bleiben.

Da! War das ein Schuss? Und noch ein Knall. Sollte eine Treibjagd im Gange sein? Wie gut, dass wir heute den Hund nicht dabei haben! Von weitem sehen wir einen Traktor mit Anhänger auf dem Feldweg stehen. Na klar, Jäger sind unterwegs. Nach ein paar Minuten fällt noch ein Schuss. Als wir näher heran sind können wir sehen, dass um das Moor herum mehrere Männer stehen. Sie tragen Warnwesten und haben Gewehre geschultert. Trillerpfeifen und Hundegebell sind zu hören und Rufe.

An dem Anhänger, was hängt denn da? Wohl schon ein Hase. Nein, jetzt ist es deutlich zu sehen, es ist ein Fuchs! Der Ärmste – sie haben ihn erwischt. Ich dachte immer, ein Fuchs habe rotes Fell. Im Winter trägt er also ein grau-bräunliches, der Landschaft angepasstes Tarnkleid. Wir bleiben stehen, um zu beobachten, was beim Moor vor sich geht. Es sieht so aus, als wäre schon Schluss mit der Jagd.

Die Männer kommen langsam herangeschlendert. Einer ruft energisch seinen Hund, der wohl nicht so recht kommen mag. Kein Wunder – der Hund schleppt etwas im Maul mit sich, legt etwas ab. Der Jäger schreit: »Hierher, Apport!« Dann sanfter: »Braver Hund, ja fein«, dann wieder energischer: »Apport!« Schließlich legt der gehorsame Hund etwas Graues bei seinem Herrn ab, wofür er denn auch gelobt und geklopft wird. Es ist noch ein weiterer Fuchs! Einer der Jäger ruft den anderen zu, es werde Zeit, er sei da bald festgefroren. Ein anderer antwortet, sie hätten ja doch noch Erfolg gehabt.

Im Moor ist noch Gebell zu hören. Langsam kommen die Jäger näher in Richtung Feldweg und Anhänger, und wir gehen auch weiter. Beim Anhänger angekommen sehen wir, dass es ein Fuchsrüde ist, er hängt kopfüber dort am Wagen, mit den Hinterbeinen zusammengebunden. Gleich wird noch ein weiterer dort hängen. Vielleicht die Füchsin? Im Inneren des Wagens sind Strohballen als Sitzgelegenheiten ausgelegt. Vielleicht fahren sie noch weiter auf Fuchsjagd. Das Jagdgebiet ist ja recht groß und das Wetter ideal für diesen grausigen Zweck.

Es ist nötig, die Vermehrung der Füchse in Grenzen zu halten. Sie haben außer den Menschen keine Feinde. Ich sehe es ein, dass ab und zu Füchse abgeschossen werden müssen. Aber schön finde ich es trotzdem nicht! Und sicher leben dort im Moor noch mehr Füchse. Erst im Frühjahr wurde eine Füchsin mit ihren Jungen in der Nähe des Waldes gesehen. Wir setzen unseren Spaziergang fort und ahnen nicht, dass wir bald von einem Fuchs Besuch bekommen werden.

Fuchs trägt Rasierwasser

Wozu so manches doch gut sein kann, was nicht weggeworfen wurde, ab und zu hin- und hergeräumt wurde,
erst mal beiseite gestellt wurde zu anderen Dingen, die
auch nicht mehr benutzt werden, denn – irgendwann kann man es
ja vielleicht doch noch gebrauchen!

Wir haben Hühner, eine muntere Schar von fünfzehn Hühnern,
die meisten schon ziemlich alt, so wie der Hahn, der schon keine
richtigen Schwanzfedern mehr hat. Er ist zwölf Jahre alt, aber er
kräht noch. Vier Hühner sind jung, gerade mal vor ein paar Wochen
neu dazugekauft. Seitdem geht es dem Hahn richtig gut, auch seine
Federn sind etwas nachgewachsen. Eines der neuen Hühner hat vor
ein paar Tagen einen Riesen-Schock bekommen. Am helllichten Tag
– nein so was – hört mein Mann bei den Hühnern ein aufgeregtes
Gekakel und Geschrei und ein Geflatter, eilt zum Hühnerhof und
sieht doch tatsächlich, wie ein Fuchs mit einer der jungen Hennen
im Maul Richtung Umzäunung verschwindet. Dahinter ist das
Rapsfeld, eine perfekte Deckung für den Raubzug. So ein Ärger!

Natürlich hat auch ein Fuchs Hunger, sicher nun seine Jungen zu
versorgen, und so ein Huhn ist ein besonderer Leckerbissen. Die Lü-
cke im Drahtzaun ist schnell gefunden. Gar nicht mal so groß. Der
Fuchs muss sich richtig darunter durchgequält haben. Eine auf dem
Stallboden vorhandene Falle wird aufgestellt, mit einem Stück Grill-
fleisch versehen und in der Nähe des Zauns aufgestellt. Das Loch
wird geschlossen. Abends beim Schließen des Hühnerstalls und
Zählen der Hühner stellt mein Mann fest: Alle Hühner sind da! Eins
der jungen sieht etwas zerrupft aus, ist aber heil und munter. Der
Fuchs hat es nicht durchs Loch ziehen können. Er hatte es eilig, weil
er ja entdeckt wurde und so hat er sich ohne seine Beute davonge-
macht. Und das Huhn hatte Glück! Ich dachte: Der arme Fuchs hat

nun kein Futter zu seinen Kindern gebracht. Er kommt bestimmt zurück, wenn die Luft rein ist, versucht er es noch einmal, sieht, dass er nicht mehr ins Hühnergehege kann und riecht das Fleisch – zack – ist er gefangen!

Was passiert dann mit ihm? Wird er totgeschossen? Ich glaube nicht. Wir werden dem Jäger Bescheid geben müssen. Der bringt ihn dann weit weg. Wenn der Fuchs Junge hat, darf er nicht geschossen werden. Aber – den ganzen Ärger kann man sich vielleicht sparen. Wenn er wiederkommt und etwas riecht, was ihm unheimlich ist, dann kehrt er vielleicht sofort wieder um. Was kann man da tun …

Da kommt der Geistesblitz: Das alte Rasierwasser! Ich hole es, schraube die Flasche auf: Ja, es riecht noch sehr stark. Am ganzen Gartenzaun entlang, am Hühnerhof entlang, spritze ich das Wässerchen aus, nicht zu viel auf einmal, es soll ja reichen, aber besonders viel dort um den Tatort herum. So! Hoffentlich hält es den Fuchs von jedem weiteren Raubversuch ab, und vor allem, lässt ihn nicht in die Falle gehen! Ich hab mein Bestes getan. Ein wenig Rasierwasser ist noch in der Flasche. Ich stelle sie in den hinteren Flur. Oh, meine Hände riechen furchtbar. Sogar nach mehrmaligem Abseifen ist der Geruch noch da. Wenn das nichts hilft! Es wird sicher da draußen auch lange ein Rasierwasserduft am Gras haften bleiben, wenn es nicht regnet. Und das tut es momentan nicht. Aber ein kleiner Rest ist noch in der Flasche. Ich stelle mir vor, wie Reineke wiederkommt, es ihm sehr unheimlich ist, und wie er mit einem sehr fremden Duft behaftet zurück in seinen Bau kommt. Vielleicht wird er da nicht sofort fröhlich empfangen, denn – Fuchs trägt Rasierwasser!

Die Falle bleibt tatsächlich unberührt und landet wieder auf dem Scheunenboden. Und das Loch im Zaun ist geschlossen. Aber spätere Fuchsbesuche sind ja nicht ausgeschlossen. Und dann hat er wohl seine Jungen groß bekommen.

Erinnerungen an Osterfeste

Corona-Ostern. So wird man die Osterfeste 20/21 später in Erinnerung behalten. Heute ist Ostermontag, der 5.4.2021. Schneeschauer lassen den Rasen weiß werden. Der Wind ist unfreundlich, die Temperatur etwas über Null. Immerhin schaut gerade mal die Sonne raus, und der Himmel wird etwas blauer. Mir kommen vergangene Ostern in den Sinn, und ich schreibe meine Erinnerungen auf für die, die nach mir noch hier sein werden, aber auch für mich selbst. Es ist gut, sich zu erinnern.

Die ersten Osterfeste, an die ich mich noch erinnern kann, sind mit Moossammeln im Wald verbunden, dann einen schönen geschützten Platz im Garten aussuchen und dort ein Nest aus Moos bauen. Zuerst noch für den Osterhasen, den wir ja auch überall herumhoppeln sahen, denn unser Haus war von drei Seiten umgeben von Wald.

Später, als der Osterhase dann Menschengestalt annahm, wurden die Eltern informiert, wo sich das Nest befand, damit sie das Nest auch bestimmt fanden. Das Ostereierverstecken und -suchen habe ich als Kind gar nicht gekannt. Meine Mutter hat schon Wochen vor Ostern die Eier ausgeblasen, die wir dann bemalen durften. Es waren auch Zwerghuhneier dabei, braune und weiße. Weidenzweige wurden hereingeholt, und die mehr oder weniger gelungenen Kunstwerke schmückten den Osterstrauß. Etwas schwierig war die Aufhängevorrichtung. Ein Stückchen Streichholz mit einem Bindfaden daran durchs Ei zu bekommen, ohne es zu zerbrechen, war schon ein Geduldsspiel. Gekochte Eier wurden »natürlich« gefärbt, mit Zwiebelschalen und Rotebeetesaft und dann mit Speckschwarten eingerieben und blank poliert. Außer einigen Süßigkeiten in den Moosnestern gab es keine Geschenke. Das war zu der Zeit noch nicht üblich.

Meine Großeltern nahmen mich mit zur Kirche. Die Bedeutung des Osterfestes lernte ich aber erst im Religionsunterricht in der Schule kennen. Und bezweifelte, ob das wirklich so passiert sein konnte. Manchmal kamen Onkel und Tante, die im Süden Schleswig-Holsteins eine Gärtnerei besaßen, mit meiner Kusine zu Besuch. Es waren seltene Besuche, denn eine Gärtnerei macht viel Arbeit. Wir gingen dann alle durch den Wald spazieren. Zum Mittagessen gab es immer unter anderem den leckeren Vanillepudding mit Saftsoße.

Als Teenager in der Konfirmandenzeit erlebte ich Ostern ganz anders. Ich hatte eine Schulfreundin in Gelting und war oft bei ihr zum Übernachten, auch ein paarmal zu Ostern. Wir gingen dann dort auch zum Gottesdienst. Die Geltinger Kirche empfand ich immer als sehr schön hell, mit dem ganz anderen Inneren als bei uns in Rabenkirchen. Das Ostergeschehen der Bibel zweifelte ich zwar immer noch an, aber ich genoss diese Feierlichkeit, das irgendwie Besondere der Osterfeiertage und ging gern in die Kirche.

Meine Freundin wohnte direkt über einem Kaufmannsladen. Sie hatte sich in den Sohn des Kaufmanns verguckt, und wir schauten oft aus dem Fenster, ob er sich nicht mal sehen ließ. Wir kicherten, alberten herum. Wollten hübsch sein.

Weil dazu das »Osterwasser« gut sein sollte, machten wir uns an einem Ostermorgen auf, für unsere Verhältnisse ziemlich früh, das berühmte Osterwasser zu suchen. Eine Quelle, aus der wir trinken wollten und das Gesicht waschen, das musste uns doch Schönheit verleihen! Auf dem Weg dorthin durfte kein Wort gesprochen werden. Wir meinten es auch wirklich ernst und bemühten uns. Aber das Osterwasser fanden wir nicht, und das Schweigen hielten wir nicht lange durch. Jedes Mal, wenn ich in Gelting auf der Dorfstraße dort vorbeifahre, wo wir damals auf den Feldweg abbogen, denke ich an die Suche nach dem Osterwasser. Heute stehen da viele Häuser. Alles sieht anders aus; es ist ja auch sehr lange her.

Ein besonderes Osterfest mit außergewöhnlichem Sommerwetter und den Spaziergang durch das Kappelner Hüholz, das tatsächlich schon total grün war, werde ich nie vergessen. Man lief schon mit kurzen Ärmeln herum. Wahrscheinlich war es ein spätes Ostern, Ende April. Ostern war schon immer ein Fest für die Familie. Großeltern wurden besucht, Tische wurden geschmückt, Ostereier versteckt. Spaziergänge gehörten auch dazu.

Mit der Zeit artete die Schenkerei etwas aus. Die Supermärkte sind heute schon lange vorm Fest voll mit Naschereien, und wenn man sich zu lange Zeit lässt mit dem Kauf, findet man zwei Tage vor Ostern das Gesuchte nicht mehr. Es ist schon wie ein zweites Weihnachten. Die Geschenke werden üppiger, die Müllberge größer. Es gibt viel zu viel des Guten. Ob das wirklich gut ist? Wir selbst werden es wohl nicht mehr ändern, aber vielleicht die Zeit.

Ich habe einen Ostermontag in Erinnerung – es ist ungefähr fünfzehn Jahre her. Ich musste früh aus dem Haus zum Dienst. Aber es war Schneesturm. Wer fährt schon am Ostermontag morgens um kurz vor sechs Uhr durch Angeln? Nicht mal die Zeitungsboten! Aber der Pflegedienst wird erwartet und auch sehr gebraucht. Ich weckte meinen Mann und bat ihn, mich zu begleiten, was er dann auch tat. Eine Schaufel musste auch mit. Überall Schneewehen und fast kein Durchkommen! Den Weg zu den Haustüren hat er dann für mich freigeschaufelt und tapfer im Auto auf mich gewartet, bis ich meine Arbeit bei den jeweiligen Patienten erledigt hatte. Es waren nicht sehr viele, sodass wir um zehn Uhr zurück waren. Zum verabredeten Osterfrühstück nach Schleswig konnten wir schon gut fahren. Inzwischen waren die Hauptstraßen freigeräumt, und es schneite auch nicht mehr. Auf dem Nachhauseweg war doch der meiste Schnee tatsächlich fast verschwunden. So ein verrücktes Osterfest!

Das Wetter spielt immer eine große Rolle. Osterwetter und Weihnachtswetter, beides war immer schon sehr wichtig. Es wird auf gutes Wetter gehofft; die Menschen haben frei, wollen draußen sitzen, können spazieren gehen und genießen, auch in den Urlaub fahren. Gutes Wetter gehört dazu. Grüne Weihnachten bedeutet weiße Ostern. Das hat sich ab und zu bewahrheitet.

Das Osterfest ist für mich ein Frühlingsfest, ein Ins-Helle-/Neue-Gehen. Alles will grünen und blühen, steht in den Startlöchern. Ich freue mich jedes Jahr wieder über die Buschwindröschen im Wald, die vielen Osterglocken ums Haus herum, den bunter werdenden Garten, den Bärlauch – über alles, was wiederkommt, jedes Jahr. Die Natur ist nicht zu stoppen. Sie tut, was sie immer tat, immer mal anders, aber verlässlich. Ob es nun Corona-Ostern ist oder nicht.

Ich glaube immer noch nicht, dass Ostern sich so abgespielt hat, wie es uns die Bibel erzählt. Aber das macht nichts. Ich glaube daran, dass es eine höhere Macht gibt und sich viele Engel überall befinden. Bei uns und in uns – wir können ihre Stimmen hören, wenn wir wirklich lauschen.

Fleegenschapp und Petersill

Ich freue mich über unseren Garten. Die Erntezeit hat wieder begonnen! Die ersten Radieschen aus dem Treibhaus sind schon abgeerntet, und auf dem Hochbeet zeigt sich die Radieschenreihe der Folgesaat, nachdem es nun endlich geregnet hat. Nun achten wir darauf, wann sich wohl die ersten Schnecken zeigen, denn sobald es feucht ist, sind sie natürlich wieder das Ärgernis Nummer Eins im Garten. Aber noch ist Ruhe, kein Schneckenalarm! Das waren noch Zeiten, als es diese ekligen braunen Nacktschnecken hier bei uns noch nicht gab. Die werden wir nun nicht mehr los!

Der Rhabarber ist wieder verfügbar für leckeren Kuchen, Kompott oder Grütze. Der Bärlauch steht schon in Blüte. Davon wurde reichlich geerntet. Im Treibhaus steht die Petersilie vom Vorjahr noch ganz üppig. Petersilie ist irgendwie eigenwillig. Entweder sie wächst wie verrückt, oder sie kommt gar nicht richtig und nur spärlich auf. Das war bei meiner Mutter schon so. Ich erinnere mich, als wir bei einer Nachbarin waren, um dort Petersilie zu holen. »Wie mokst du dat mit dien Petersill, Irmi? Mien wart immer nix. De wart immer geel und denn is Schluss dormit. Denn kann ick de man rutrieten.« Irmi meinte: »Ganz eenfach. Wenn ick morgens de Putt uutgeeten do, denn kricht de Petersill aff un too son Flaach dorfun aff!« Ich dachte nur: »Igitt. Ich esse keine Petersilie mehr!« Aber logisch, ein guter Dünger, der Nachttopfinhalt! Ich weiß nicht, ob meine Mutter den Rat befolgt hat. Damals stand ja noch überall unter den Betten der Nachttopf. Der Weg zu »Tante Meier« war nachts etwas weit und unbequem.

Wenn die erste Brennnesseljauche fertig gegoren ist, dünge ich damit das Gemüse, rein pflanzlich. Aber das mit der Petersilie bleibt Glücksache. Alles gelingt eben nicht. Der Salat wächst bei uns schon im Treibhaus in verschiedenen Sorten und wird auch in Smoothies verarbeitet. Wir können vom Frühjahr bis zum Frost Salat ernten und im frühen Frühjahr den Feldsalat.

Früher gab es den Salat mit Buttermilch und etwas Essig, oder auch mit der Sahne, die von der frischen Milch abgerahmt wurde und natürlich mit Zucker. Zitronen kaufte meine Mutter nicht. Es wurde genommen, was sowieso im Haus war. Speiseöl war in Mutters Haushalt auch noch nicht vorhanden. Ich fand den Salat sehr lecker, sogar wenn er schon sehr »labberig« war, wenn ich später aus der Schule kam. Wenn der Salat abgeerntet war, dann gab es eben keinen mehr. Darum war es etwas Besonderes.

Schnüsch mochte ich auch sehr gerne. Diese Spezialität aus Angeln gibt es heute immer noch und sogar ab und zu beim Schlachter in Süderbrarup. Am besten schmeckt das Gericht mit »neuen« Kartoffeln. Uns schmeckt es auch ohne Schinken.

Meine Mutter hat sehr viel eingeweckt. Eine Gefriertruhe gab es erst später. Sie war sehr stolz, wenn im Keller ihre über fünfzig Gläser mit eingekochten Bohnen standen. Ich konnte keine Bohnen mehr sehen. Jede Woche gab es einmal Bohnen zum Mittag! Beschwert habe ich mich öfter. »Was, schon wieder Bohnen?« Meine Mutter muss mir den »Bevorratungsvirus« vererbt haben. Ich friere Bohnen ein, und es sind jedes Jahr etliche Tüten davon in der Truhe. Die Regale in unserer Speisekammer sind jeden Herbst gefüllt. Es ist mir aber nie gelungen, die Senfgurken so »hinzukriegen« wie meine Mutter. Ich habe es aufgegeben. Ich bilde mir aber ein, dass meine Kocherei etwas vielfältiger und abwechslungsreicher ist. Das ist kein Wunder. Wir können jederzeit (noch) kaufen, was wir brauchen. Die Ess- und Kochgewohnheiten haben sich dadurch verändert, auch wegen der Vielfalt der Gewürze. Früher standen auf dem Regal in Mutters Küche nur Salz, Pfeffer, Muskat und Zimt. Auf mein Anraten wurde dann Paprikapulver gekauft, für das Gulasch, das es dann auch mal mit Nudeln gab. Ansonsten war die Kartoffel die Hauptsache. Ich weiß noch, dass mein Onkel immer seine Kartoffeln bekam. Die Nudeln waren für ihn das »Gemüse« zum Gulasch.

Wir sind heutzutage sehr verwöhnt. Saisonal essen ist nicht wie früher notwendig. Momentan lieben wir den Spargel, frieren davon auch ein. Wir kaufen keinen Spargel außerhalb der Spargelzeit. Auch Erdbeeren gibt es frisch nur in der Erdbeerzeit, ansonsten eingefrorene.

In Mutters Keller stand der sogenannte »Fliegenschrank«, dat Fleegenschapp. Ein sehr feines Drahtgitter sorgte dafür, dass kein Ungeziefer ans Fleisch, den Speck oder den Schinken gelangen konnte. Die »Brummer« waren gefürchtet, weil diese gern ihre Eier darauf ablegten. Einen Kühlschrank hatten wir nicht. Im Keller war es kühl genug. Manchmal fanden wir Frösche oder Eidechsen im Keller, die außen beim Kellerfenster heruntergefallen waren und durchs Fenstergitter in den Keller kamen. Sie wurden vorsichtig wieder nach draußen gebracht. Die Kellertür musste immer geschlossen sein, damit die Katze nicht hinunter konnte.

Der Schinken hing unterm Strohdach in einem Leinenbeutel. Wenn davon gegessen werden sollte, wurde er abgewaschen und einiges weggeschnitten, was »nicht so gut aussah.« Dicke Scheiben legte man in Milch ein, um das Salz herauszubekommen. Dann wurden die Scheiben paniert und gebraten. Ein leckeres Essen, mit gestoften Bohnen oder Rüben, und Schnüsch war ohne Schinken ganz undenkbar. Sicher werden diese Gerichte in Angeln immer noch gegessen. Aber der Schinken wird nicht mehr unter Strohdächern aufbewahrt, sondern frisch vom Schlachter geholt.

Es ist einfach wichtig, dass wir unsere Lebensmittel wieder mehr schätzen lernen. Viel zu viel wird weggeworfen. Auch aus Resten können wir ein schmackhaftes Essen zubereiten, ein paar neue Zutaten hinzufügen, und schon ist es ein neues Gericht. Außerdem geht's oft auch schneller.

»Dat Fleegenschapp« hat ausgedient. Heute haben wir eine moderne Vorratshaltung. Aber irgendwie war es mir ein Bedürfnis, ihn mal in Erinnerung zu bringen, damit er nicht ganz vergessen wird, der Fliegenschrank in den Kellern.

Ein kostbares Gut

Ein kostbares Gut ist die Tageszeitung heutzutage nicht mehr. Sie landet nach dem Lesen in der Papierabfalltonne. Aber die Menschen meiner Generation und noch älter werden sich daran erinnern: Zeitungspapier war im Haushalt früher unentbehrlich. Es wurde zum Einwickeln und Transport der Eier benutzt, fünf oder sechs Stück in einer Reihe und dann zu einer Rolle gedreht, damit es kein Rührei gab. Zum Einpacken sonstiger Sachen, zum Ausstopfen von Schuhen, zum Fensterputzen. In der Küche auf dem Holzkasten lagen bei uns Zeitungen, um damit das Feuer in Gang zu kriegen. Anzünder kaufte man noch nicht. Gab es die überhaupt schon? Im Winter wurden heiße Ziegelsteine mit Zeitungspapier umwickelt, die im Bett für warme Füße sorgten.

Und das Wichtigste: Es wurde jeden Tag gebraucht für »Tante Meier«! Jede Seite geviertelt, gestapelt, manchmal sogar gelocht und auf eine Schnur gefädelt, hing es da an einem Haken oder einem Nagel zur Verwendung in dem »Örtchen.« Als Lektüre konnte es wegen der schlechten Lichtverhältnisse dort sowieso nicht verwendet werden. Ich glaube, die wenigsten »Tante Meier« waren mit elektrischem Licht ausgestattet. Bei uns zu Hause nahm man, falls es zu dunkel war, eine Taschenlampe mit oder ließ einfach die Tür auf. Ich muss gestehen, dass ich oft meinen jüngeren Bruder bat, vor der Tante-Meier-Tür zu warten. Da musste er dann stehen bleiben und singen, damit ich wusste, dass er nicht einfach verschwand und mich da draußen allein ließ. Das kostete mich oft Überredungskunst!

Man ging nach »Tante Meier«. Es war keine Person, sondern ein Ort. Es sei denn, eine Tante Meier säße dort und hätte kein Papier mehr. Dann ginge man zu Tante Meier nach »Tante Meier«. Etwas kompliziert! Natürlich gab es auch die normalen weißen Toiletten-papierrollen, die wir heute verwenden, aber sie wurden seltener ge-braucht, weil sie eben gekauft werden mussten. Die Zeitung war in diesem Falle sehr nachhaltig, würde man heute sagen.

Als überall die Wasserleitungen verlegt wurden und es dann die Spültoiletten in den Häusern gab, durfte man das Zeitungspapier dort natürlich nicht mehr zur Hygiene benutzen. Nur noch zum Le-sen. Aber auch das hat sich geändert. Man findet in den heutigen Badezimmern auf den Fensterbänken meist die Apothekenrund-schau.

Ich werde nie vergessen, wie der Grundschullehrer unserer klei-nen Dorfschule uns ermahnte, mit dem Toilettenpapier sparsamer umzugehen. Wahrscheinlich musste für seine Begriffe viel zu oft eine neue Rolle ins Schülerklo gehängt werden. Ich habe es deshalb so in Erinnerung, weil uns der Lehrer folgenden Satz zitierte: »Aller Wische gibt es vier! Vorwisch, Abwisch, Nachwisch, und Polier!«

So etwas vergisst man einfach nicht. Ich habe mich schon damals als neunjähriges Mädchen gefragt, wie das denn funktionieren sollte. Jahre später wurden die weißen Rollen auf den Hutablagen vieler Autos spazieren gefahren. Mit einem Häkelüberzug verse-hen, neben einem Wackeldackel platziert, war es damals eine weit verbreitete Modeerscheinung. Außerdem galt es als sehr beliebtes Mitbringsel in die damalige DDR. Auch wir haben etliche Rollen Toilettenpapier zu unseren Freunden nach Sachsen mitgenommen. Das ging bei der Grenzkontrolle auch immer gut durch. Und nun, im Jahr 2020 – unglaublich – passierte Folgendes: Einkaufswagen bis obenhin vollgepackt mit Toilettenpapier wurden beim Aus-bruch der Corona-Krise über den Parkplatz geschoben, das kostbare Gut in Kofferräume verstaut, als könnte es diese Ware nie mehr ge-ben. Die Folge: Klopapier ausverkauft! Ich denke, weil es ein Artikel ist, den jeder unbedingt benötigt und der vielleicht nicht mehr da sein könnte, entstand so eine Art Klopapier-Panik. Zeitungspapier

geht ja nicht mehr! Inzwischen hat sich diese Lage wohl etwas beruhigt, und man hat schon fast ein schlechtes Gewissen, falls man
sich so eine Zehner-Packung in den Einkaufswagen legt. Die Leute
könnten ja denken, ich hamstere. So wie mit Hefe oder Mehl – denn
damit habe ich mich bevorratet!

Neonwise – Wir haben ihn gesehen!

Lange schon konnte man Fotos bewundern, die den Kometen mit dem Schweif zeigten. In der Presse, im Fernsehen und im Internet gab es genug Infos. Aber selber hinausgehen, ihn am Himmel suchen und mit eigenen Augen finden, das wollte ich unbedingt. In diesen Tagen nun sollte er unserer Erde am nächsten kommen. Neowise hatte man ihn genannt. Ein Brocken von fünf Kilometer Durchmesser. Irgendwie unvorstellbar diese Entfernung – 103 Millionen Kilometer weit weg von uns hier auf der Erde.

Dass er trotzdem zu sehen war – sehr spannend. Für eine gute Sicht brauchte man aber klaren Himmel und dann noch den Willen, mitten in der Nacht dafür aufzustehen. Gestern Abend sollte er schon um kurz nach 23 Uhr gut zu sehen sein. Einige Wolken waren im Norden zwar unterwegs. »Na gut, vorm Zu-Bett-Gehen kann man ja nochmal gucken«, dachte ich. Dunkel genug sollte es dann wohl sein.

Um an den nördlichen Himmel zu schauen, mussten wir durch den Garten zum Rapsfeld gehen. Sonst würden uns die hohen Bäume die Sicht verdecken. Der Horizont zeigte sich in herrlich türkis-grünlichen Farben mit viel goldenem Licht und dunkelgrauen Wolkenfetzen dazwischen. Ein so schöner Anblick, aber dunkel genug war es eigentlich nicht und der Große Wagen war auch noch nicht zu sehen. Oh ja – da! Ein helles Objekt, die Richtung müsste doch stimmen! Ich schaute durchs Fernglas. Interessant das Ding, aber einen Schweif sah ich nicht. Lag es daran, dass es noch zu hell war? Sollte das Neowise sein? Mein Mann meinte, es könnte sein oder auch nicht. Vielleicht eher die Raumstation oder ein Satellit. Richtig zufrieden war ich nicht. Wir gingen wieder ins Haus und dann zu Bett.

Ich konnte nicht schlafen. Es ließ mir keine Ruhe. Also nochmal nach draußen. Mein Mann schlief schon. Hu, war das kalt, so im Nachthemd da vor der Hintertür zu stehen! Die Scheune versperrte die Sicht auf den Horizont, aber der Große Wagen war ganz deutlich und hell zu sehen. Ich ging zurück ins Schlafzimmer, sagte meinem Mann Bescheid, dass ich nochmal nach dem Kometen sehen wolle. Er meinte, ich solle doch auf die Außentreppe gehen. Von da oben müsste ich eine gute Sicht haben. Es hörte sich aber nicht so an, als würde er auch Interesse zeigen. Ich zog mir meine Jogginghose an, den Anorak übers Nachthemd und schlüpfte barfuß in die Gartenschuhe. Dann schnappte ich mir nochmal das Fernglas und drückte vorsichtshalber auf den Schalter für die Außenbeleuchtung, um nicht auf der Treppe zu stolpern. Dann stand ich oben. Der Große Wagen war deutlich zu sehen, der Himmel voller Sterne.

Mit bloßem Auge fand ich den Kometen nicht. Aber durchs Fernglas schauend, am unteren Teil des Großen Wagens entlang suchend, etwas rechts davon und ein wenig unterhalb – da! Neowise, mit dem Schweif, sehr deutlich zu sehen! Ach wie schön! Ein für mich richtig bewegender Anblick. Ich musste an den Weihnachtsstern denken. Mir wurde irgendwie ganz anders. Ich dachte, dass ich das nie vergessen würde und auch nie wieder sehen könnte, denn erst in 7000 Jahren würde er hier wieder vorbeikommen. Ob es dann unsere Erde noch geben würde? Ob es überhaupt noch Menschen gäbe, und – was dann wohl wäre? Mein Mann kam nun doch noch die Treppe hoch, nur im Schlafanzug und mit Hausschuhen an den Füßen, nahm mir das Fernglas ab und schaute auch und staunte. Dass wir das zusammen erleben konnten, war etwas Besonderes. Wir haben ihn gesehen, den Neowise, mit eigenen Augen!

Vor- und Nachteile

Wie gut, dass wir in dieser schwierigen Corona-Zeit das Internet haben! Kontakte können auf diese Weise gehalten werden bzw. wieder aufgenommen werden. Fotos werden verschickt; so kann man die Lieben wenigstens auf diese Weise sehen. Es gibt auch einen Versand, wo man gebrauchte Bücher bekommen kann, denn die von mir geliebten Buch-Grabbelkisten gibt's ja auch momentan nicht. Viele bestellen das, was man auf normalem Weg nicht bekommen kann, im Onlineshop. Ich auch.

Ich wollte mir die benötigte Gemüsesaat kaufen, aber konnte das Passende – Möhren- und Rote-Bete-Saat auf Saatband – auch beim Gärtner nicht bekommen. Im Supermarkt schon gar nicht. Also rein ins Internet: Möhren (drei verschiedene Sorten), Rote Bete, Radieschen und eine Tüte Petersiliensaat sowie einmal Mangold.

Siebenmal Klick, sieben Teile im Warenkorb, Bestellung abgeschickt. Schon am nächsten Tag war ein dicker, brauner Umschlag im Briefkasten. Darin befand sich eine Tüte mit Möhrensaat, mittelfrühe Sorte. »Ach du liebe Zeit«, dachte ich, »wenn das so weitergeht ...« Es ging so weiter! Siebenmal Post wegen sieben Tütchen mit Gemüsesaat. Auch mal an einem Tag zwei Tütchen. Aber in jeweils einem dicken Pappumschlag. Innen noch extra mit Folie verpackt. Hätte ich bei einem Gartenversand bestellt, wäre das nicht passiert. So viel Papiermüll!

Ich brauchte Strumpfwolle. Unser kleines Wollgeschäft in Schleswig war ja geschlossen. Dort kann man durchaus auch telefonisch bestellen, aber für zwei Knäuel Wolle je 100 Gramm lohnt sich doch eine Bestellung für die Firma nicht. Und im Supermarkt konnte ich gerade diese Wolle nicht bekommen. Also wieder per Internet, wieder im Onlineshop. Und zweimal kam ein Päckchen, jeweils mit viel Luft darin und Noppenfolie, einmal die altrosa und einmal die graue Wolle. In unserer Garage stapelten sich mittlerweile die Kartons. Nein, nicht nur von mir. Bei uns leben ja noch mehr Familien, die natürlich auch online bestellen. Aber so viel Kartons hatten wir hier noch nie. Es passte nichts mehr in die Papierabfalltonne.

Wenn das überall so ist – na ja, gut kann das für die Umwelt nicht sein. Ich wurde auch belehrt, dass man es ja selber entscheiden könnte. Klar, und ich weiß ja auch, dass es keine gute Lösung sein kann – es ist ja nur so bequem!

Wir bestellen uns ab und zu Essen bei einem Restaurant, weil wir uns zurzeit dort nicht gemütlich an den Tisch setzen können. Aber Bestellen und Abholen ist ja auch eine Möglichkeit, und wir wollen die von der Pandemie betroffenen Gaststätten auch damit unterstützen. Nur: Zu Hause damit angekommen ist es nicht mehr richtig heiß, nur noch höchstens lauwarm. Außerdem ist dieses wirklich leckere Essen dann in einer Einweg-Plastikschale, drumherum noch mit Alufolie eingeschlagen. Also wieder Müll, den man sonst nicht hat. Überdies fehlt die Atmosphäre des Lokals, das Sich-Bedienen-Lassen, das Getränk, vielleicht noch etwas Dessert oder ein Espresso danach. Und: Man muss sich zu Hause dafür nicht feinmachen. Es ist egal, was man anzieht. Es ist einfach nicht das Besondere, was einen Restaurantbesuch ausmacht! Nicht mal, wenn man sich eine Kerze auf den Tisch stellt und eine Flasche Wein dazu öffnet.

Alles hat zwei Seiten; es gibt immer Vorteile und Nachteile. Solange die Normalität nicht zurückgekehrt ist: Machen wir das Beste draus!

Eierpannkook

Es ist wieder Apfelzeit, Zeit zum Äpfel aufsammeln, Apfelkuchen backen, Apfelmus kochen – für Äpfel in allen Variationen. Besonders lecker: Pfannkuchen mit Apfelscheiben im Teig, in der Pfanne mitgebacken, dazu Zucker und Zimt – hmm! Mir kommt eine Begebenheit in den Sinn, die sich vor über zehn Jahren zugetragen hat.

Ich kam in meiner Dienstzeit als Pflegeassistentin in ganz Angeln herum. Anfangs wurden außer der Pflege noch oft Mahlzeiten zubereitet, wenn jemand dazu nicht in der Lage oder eine Mutter außer Haus zur Kur oder im Krankenhaus war.

Ein alter Herr hatte sich den Arm gebrochen. Ich hatte den Auftrag, für ihn ein Mittagessen zu kochen. Er wohnte in einem schönen alten Strohdachhaus mit großem Garten. Ich wurde freudig empfangen, und er zeigte mir seine Küche und die Speisekammer. »Moken Se mi man Eierpannkook. Ick sett mi noch'n beeten rut op de Bank!«

Also los – Pfannkuchen wollte er. Ich fand im Kühlschrank die Milch, Mehl war im Küchenschrank, Eier standen in der Speisekammer und etwas Salz fand ich auch. Ich kannte mich gut in fremden Haushalten aus. Nun noch die Rührschüssel und den Handmixer und Butter zum Backen.

Ich schaute durchs Küchenfenster und sah unter einem Baum viele Äpfel liegen. Toll, das würde ihm sicher schmecken! Also noch schnell einen Apfel in Scheiben geschnitten, und los ging es. Allmählich hatte ich schon fünf schöne Apfelpfannkuchen auf dem Teller. Wohl ein bisschen viel, aber der alte Herr sollte ja satt werden. Es war immer noch Teig in der Schüssel.

Da ging die Tür auf, und der Herr meinte: »Dat rükt jo so gut!« Er kam näher an den Herd. »Wat moken Se denn dor? Dat is doch keen Eierpannkook! Aber mokt nix. Pannkoken heef ick all lang nich mehr hatt! Se möt mi dee bloß beet tweischnien.« Ich war sehr erstaunt. Was hatte ich denn falsch gemacht? »Schnacken Se keen Platt? Man kann ook Röhr-Eier seggn.«

Rühreier also. Hätte etwas weniger Arbeit gemacht und wäre auch schneller gegangen. Aber ich hatte etwas dazugelernt. »Dat is veel to veel! Eeten Se man ook een Pannkook!« Das tat ich gern, und er erzählte mir dann, dass seine Frau gestorben sei und er nun gar nicht wüsste, was er mit all den Äpfeln machen sollte. Ich könne mir alle aufsammeln und gerne mitnehmen. Am Baum wäre ja noch so viel.

So kam ich mit etlichen vollen Plastiktüten nach Hause. Wir hatten selbst genug Äpfel, sollten aber sowieso zur Mosterei. Die Äpfel des netten alten Herrn mussten nun nicht dort auf dem Rasen vergammeln, sondern würden gut verwertet werden. Ich erzählte meinem Mann von den Eierpannkooken, und er meinte auch, das seien doch »normale« Pfannkuchen, keine Rühreier. Vielleicht gibt es da verschiedene Meinungen?

Jedes Jahr wieder

Das Laub fällt von den Bäumen und will beseitigt werden – halt! Das Laub will gar nicht beseitigt werden. Es würde gerne liegen bleiben, aber es wird ja nicht gefragt. Der Mensch räumt gerne auf – halt! Da stimmt wieder etwas nicht. Einige Menschen räumen gerne auf. Andere stört das herumliegende Laub nicht.

Mich stört es auch nicht. Das heißt, es stört mich doch an manchen Stellen. Ich mag es nicht, wenn vor der Hintertür ein Blätterhaufen zusammengeweht ist, und der Rasen soll bitteschön auch laubfrei sein. Zwischen den Beeten und Büschen und unter den Bäumen darf es ruhig liegenblieben. Und irgendwie ist das Laubharken die letzte Arbeit im Garten. Alles andere ist winterfertig vorbereitet. Wenn ich mit dem Laub fertig bin, geht's von draußen nach drinnen, ins nachdenkliche, innere, gemütliche und auch faule Leben. Es kommt die dunkle Zeit. So wird sie genannt. Wir können sie uns hell machen oder auch nicht; es liegt an jedem selbst. Es kann eine sehr schöne Zeit sein! Aber vorher gibt es noch einiges zu tun.

Das Wetter ist gnädig. Es ist schon seit Tagen ein ganz stiller Herbst. Neblig – es rührt sich kein Blatt am Baum. Nur einzelne segeln von Zeit zu Zeit herab auf den Rasen. Ideal, um sich an die Arbeit zu machen. Es macht Freude! Kein Wind bläst die zusammengeharkten Blätterhaufen auseinander. Die Gedanken laufen so mit mir mit, und ich denke an Laub-Begebenheiten. Wie verschieden sind doch die Menschen!

Dienstlich hatte ich mit einer alten Dame zu tun, im Herbst. Sie bat mich, ihren kleinen Rasen abzuharken; es wären so viele Blätter dort. Sie stellte mir einen Eimer bereit. Am Ende war der Eimer halb voll Laub. Die Dame bat mich daraufhin: »Door achten lingn noch

een poor!« Es waren vier oder fünf Lindenblätter. Diese noch aufsammeln – na gut. Sie konnte es ja nicht mehr. Nun war sie zufrieden.

Eine Nachbarin hier im Dorf war dafür bekannt, dass sie übers Laubharken nur jammerte: »All de Bläder! Wat fürn Arbeit!« Sie fing schon im September damit an und schimpfte über die Blätter des Nachbarn, die natürlich regelmäßig zu ihr herübergeweht wurden: »Dat sünd gornich mien Bläder, ober de Naaber deit dat jo nich!«

Ein Bekannter hält gar nichts vom Laubharken. Jedes Jahr hören wir: »Dat do ich nich, lohnt sik gornich, in Fröjohr sind de sowieso wech!« Wenn man ihn ansieht, könnte man denken, dass etwas körperliche Betätigung ihm guttäte. Aber er hat ja Recht. Jetzt im Herbst liegt im Buchenwald alles voller Laub. Im Frühling ist dann unter den Bäumen nur ein dichter Blütenteppich voller Buschwindröschen zu sehen, und an manchen Stellen wächst der Waldmeister. Wo ist das viele Laub geblieben? Ein paar Tage noch, und dann wird alles wieder kahl sein. Ein Sturm- und Regentag wird dafür sorgen, dass auch die letzten Blätter durch die Gegend fliegen. Die gemütliche Zeit kann beginnen. Jedes Jahr wieder.

»All de Bläder!«

sä Tante Mine,
»wer schall de wechharken,
nu wo wi dat nich mehr könt?
Wi möten den Boom sein Kroon affsnieden,
oder noch beter,
em dalsmieten!
Denn hett dat een Enn
mit all de Bläder!«

»Du büst wull mall!«
sä Tante Tine,
»de schöne grote Linn!
De dor na uns kamt,
de sünd de Bläder
doch ganz egaal!
Aber de Bööm nich!«

Weihnachtstage

Fast dreißig Jahre lang bin ich schon tätig im ambulanten Pflegedienst. Ich habe mich eintragen lassen für den Dienst an den Feiertagen, so wie in den meisten Jahren vorher auch. Trübe Gedanken, die jedes Jahr um die Weihnachtstage wiederkehren, lassen sich so gut bewältigen. Das hat die Erfahrung mir gezeigt.

Am Morgen des Heiligen Abends beginnt der Frühdienst um kurz nach sechs Uhr. Ich weiß noch nicht, ob ich Zeit haben werde, zwischen Früh- und Mittagsrunde nach Hause zu fahren. Es stürmt sehr und regnet. Gar kein Weihnachtswetter, wie es allgemein gewünscht wird. Mir ist es recht, muss ich mich doch so nicht mit glatten Straßen oder Schneewehen herumquälen. Im Autoradio wird ein Weihnachtslied nach dem anderen abgespielt: »Let It Snow! Let It Snow! Let It Snow!« und »White Christmas« und so weiter. Die Moderatorin bedauert, dass es kein weißes Weihnachtsfest geben wird. Der Wetterexperte wird befragt und kann auch nichts anderes erzählen. Dabei ist es ein so sicheres Fahren allgemein auf allen Straßen und Autobahnen, wenn die Menschen unterwegs sind, um zum Fest bei ihren Lieben zu sein. Es hat eben alles seine Vor- und Nachteile. Aber die Romantik kommt anscheinend wieder mal zu kurz. Es ist aber schön, überall unterwegs die Weihnachtsbeleuchtungen in den Gärten und Fenstern zu sehen.

Mein Dienst beginnt etwas früher als üblich, weil einige Pflegekunden gerne vorm Fest noch geduscht werden wollen und ihre Haare »in Ordnung« haben möchten. Das ist verständlich. Einige sehen ihre Kinder und vor allem die Enkelkinder nur zu Weihnachten und freuen sich schon lange auf deren Besuch. Dann gibt es aber auch die Einsamen, die immer allein sind. Sie haben einfach niemanden mehr, fühlen sich übriggeblieben und sind besonders zu

Weihnachten sehr traurig. Sie sind alt, Sohn oder Tochter sind schon vor ihnen gestorben, und sie wären am liebsten auch gar nicht mehr hier. Einen Weihnachtsbaum gibt es bei ihnen meist schon lange nicht mehr.

Wenn sie noch zu zweit sein dürfen, geht es noch. Aber wenn der Partner auch nicht mehr da ist, dann ist es schlimm. Meist ist der Pflegedienst der einzige Kontakt zur Außenwelt – und der Fernseher natürlich. Wenn es den nicht gäbe!

Ich bekomme fast überall ein kleines Geschenk, Schnapspralinen und sonstiges Schokoladiges, sogar einmal ein geschmücktes kleines Tannenzweiglein, liebevoll in einem Blumentopf dekoriert. Das freut mich besonders, hat es doch den alten Herrn Anstrengung gekostet, uns Pflegekräfte zu erfreuen. Jeder, der in diesen Tagen dort zu tun hat, bekommt so ein schönes Zweiglein mit nach Hause. Gegen halb elf bin ich mit dem Frühdienst fertig und kann nun nach Hause fahren. Der Mittagsdienst beginnt um kurz vor zwölf Uhr, gerade genug Zeit, um mit meinem Mann zu frühstücken und kurz in die Zeitung zu schauen.

Dann geht es wieder weiter. Einige bekommen nur ihr Medikament gereicht, und für den Abend werden auch Medikamente heute von den Angehörigen gegeben, sodass der Abenddienst etwas entlastet wird. Bei einer bettlägerigen Patientin gibt es mittags einen längeren Aufenthalt, weil es ihr zurzeit schlechter geht. Sie möchte gerne für immer gehen, aber »De leeve Gott holt mi eenfach nich«, äußert sie. Ihre einzige Tochter lebt nicht mehr. Sie wohnt im Haus ihres Enkels. Das Bett ist so aufgestellt, dass sie aus dem Fenster schauen kann. Sehr selten ist es möglich, dass sie noch auf einen Stuhl gesetzt werden kann. Auch heute glückt das Aufstehen nicht, und essen mag sie nur ein paar Bissen. Dreimal täglich kommt hier der Pflegedienst und an manchen Tagen auch jemand zur Betreuung. Ins Heim möchte sie auf keinen Fall. Ihr Enkel hat es ihr versprochen, dass sie nicht mehr aus dem Haus gebracht wird, nur noch in der großen Kiste. »Ik kumm morn wedder«, sage ich zu ihr. »Dat is fein, ik freu mi, wenn du kümmst!«, antwortet sie. Sie hat keine Schmerzen, ist nur müde. So liegt sie und wartet, mit einem Teddy im Arm. Die Namen ihrer Pflegerinnen kennt sie nicht mehr, aber sie freut sich, wenn sie uns sieht.

Ich fahre zu unserer ältesten Pflegekundin. Sie ist tatsächlich schon über 100 Jahre alt. Ab und zu kann sie für einige Zeit mit Hilfe aufstehen und sitzt dann im Rollstuhl. Ihr Geist ist ganz klar. Ihre Söhne sind natürlich auch schon alt. Heute wird aber nachmittags niemand kommen, und deshalb bin ich nun dort, um nach dem Rechten zu sehen. Sie möchte nur liegenbleiben, ihre Ruhe haben und schlafen. Am Abend kommt ihre polnische Pflegekraft zurück, die sie sonst sehr gut versorgt. Ich reiche ihr zu trinken. Sie bedankt sich und sagt, es wäre alles in Ordnung.

Ein paar Straßen weiter wohnt ein altes Ehepaar, das ich noch nicht kenne. Ich finde die beiden zur Mittagsruhe liegend im Schlafzimmer vor, helfe der alten Dame aus dem Bett, gehe mit ihr ins Bad und bringe sie mit ihrem Rollstuhl dann ins Wohnzimmer. Der Ehemann ist inzwischen aufgewacht und wundert sich über das fremde Gesicht. Ich stelle mich vor, und es stellt sich heraus, dass der alte Herr meinen Schwiegervater noch gekannt hat und dass er meinen Bruder von seinem Beruf her auch kennt. Darüber freuen wir uns beide sehr, und ich verspreche, meinem Bruder Grüße auszurichten. Der wird sich wundern! Wir sitzen noch ein paar Minuten am Wohnzimmertisch und unterhalten uns. Ich probiere die von seiner Tochter gebackenen Plätzchen und sage, dass ich an beiden Feiertagen wiederkomme.

Dann habe ich Feierabend. Zu Hause angekommen erzähle ich meinem Mann die Erlebnisse. Wir haben einen schönen Heiligabend, und mich erfüllt ein schönes Weihnachtsgefühl.

Es ist ein stiller, mondheller Sechs-Uhr-Weihnachtsmorgen. So muss ich es einfach formulieren. Der Vollmond strahlt mich an, steht am nordwestlichen Himmel, ganz besonders groß heute. Für mich zeigt er heute sein Mondgesicht, obwohl ich weiß, dass kein wirkliches Gesicht da ist. Es wurde gesagt, dass erst in dreißig Jahren zu Weihnachten wieder ein Vollmond zu sehen sein wird. Niemand außer mir ist unterwegs. Ich treffe kein einziges Auto. Alles schläft noch an diesem Weihnachtsmorgen.

Ich fühle Freude in meinem Herzen und Dankbarkeit, weil alles gestern Abend so schön war. Ein friedvoller und besinnlicher Heiligabend war es. Im Autoradio wird jetzt von den Monkees »I'm a Believer« gespielt, ein Stück aus meiner Jugendzeit. Ich werde richtig euphorisch und drehe das Radio lauter. Da! Am rechten Straßenrand steht ein Fuchs. Im Scheinwerferlicht glühen seine Augen. Er steht ganz still, als würde er nur für mich da stehen. Schon bin ich vorbei. So ein Moment ist kostbar. Einen Fuchs sieht man sehr selten. Im letzten Jahr sah ich einen überfahrenen auf dem Radweg liegen. Merkwürdigerweise war das auch während meiner Weihnachtstour.

Hinter dem nächsten Dorf nach ein paar hundert Metern bin ich am ersten Ziel angelangt. Ich sehe ein Reh auf der rechten Seite im Knick verschwinden und fahre links auf das Grundstück, steige aus und schließe die Haustür auf. Es ist dunkel im Flur, und ich taste nach dem Lichtschalter. Da tönt es aus dem Schlafzimmer: »Frohe Weihnachten!« Der alte Herr hat schon das Licht angemacht und schwingt seine Beine aus dem Bett. Es wird vom gestrigen Abend erzählt, während die Pflege erledigt wird und die Medikamente bereitgelegt werden. Seine Frau schläft noch. Sie steht auf, wenn ihr Ehemann den Frühstückstisch fertig hat. Das kann er im Rollstuhl sitzend noch gut erledigen. »Meine Frau muss dann in den Keller, das Brot holen. Das kann ich ja nicht mehr, in den Keller, wegen der Treppe.« So können sie sich gegenseitig helfen und den Alltag gemeinsam noch bewältigen. Das Mittagessen wird ihnen täglich von einem Service gebracht, aber zu Weihnachten kocht der Sohn, der nebenan wohnt. »Das schmeckt uns viel besser als das Fertige, ist ja immer dasselbe!« Ich kann das gut verstehen, habe ich doch diese Klage schon oft gehört.

Als ich nach weiteren zwei Pflegekunden zurückfahre, steht der große runde Sonnenball am Himmel, leuchtend orange. Das Licht spiegelt sich im nahe gelegenen See, und die Wolken haben leuchtende Ränder. Es ist ein feierlicher Anblick – wunderschön! Auch heute bin ich zum Frühstücken wieder zu Hause. Es gab keine besonderen Vorkommnisse.

Der Mittagsdienst ist etwas kürzer, weil die Hauspflegekraft ihren Dienst bei der über Hundertjährigen wieder aufgenommen hat. So kann ich etwas später losfahren. Ich treffe den Sohn der ersten beiden Alten in deren Küche an. Es duftet nach Spargel. Es gibt Pasteten mit Gemüse. Er bittet mich, die Medikamente für den Abend schon zurechtzustellen. So muss niemand mehr kommen. Ich informiere die Kollegin, die abends den Dienst hat. Sie freut sich, weil es für sie ein Umweg wäre.

Die alte Dame mit dem Teddy schläft fest und bemerkt mich gar nicht. Ich lese im Protokoll, dass sie morgens auch schon schlief und während der Pflege nicht richtig wach wurde. Sie hat noch genug zu trinken am Bett stehen. Ich lasse sie in Ruhe, dokumentiere es und denke, dass es schön wäre, wenn sie jetzt für immer einschlafen würde.

Zu Hause wieder angekommen genieße ich es, einfach im Sessel zu sitzen und Musik zu hören. Ich lese und sehe fern. Es ist fast schon Abend.

Da fällt mir etwas Wichtiges ein: Ich rufe meinen Bruder an und erzähle ihm von der Begegnung mit dem alten Herrn, der ihn kennt, bestelle die versprochenen Grüße. Mein Bruder kann sich sofort erinnern: »Mensch, das ist doch so lange her, ich glaub, ich war erst achtzehn oder so.« Und heute ist er dreiundsechzig!

Der zweite Weihnachtstag kündigt sich nachts mit kräftigem Wind an. Die Zweige der Rosen schlagen gegen unser Schlafzimmerfenster. Und schon bin ich wieder unterwegs. Diesmal ist kein schöner Vollmond vor mir. Es stürmt stark und regnet in Strömen. Der Wind treibt den Regen über die Straße; es besteht Gefahr von Aquaplaning – kein schönes Fahren. Im Radio höre ich »The Sound of Silence«. Das hätte gestern besser gepasst! Der Wind drückt das Auto zur Seite, und man spürt die Böen. Ich denke so bei mir, wie viel Schnee das wohl wäre und bin froh, dass es nur Wasser ist.

Heute ist der Dienst etwas kürzer, weil eine Familie die Pflege selbst übernehmen will, und so habe ich bis zum Mittagsdienst mehr Zeit. Besondere Vorkommnisse gibt es nicht. Inzwischen hat sich das Wetter wieder etwas beruhigt. Dann erzähle ich dem alten Herrn von meinem Anruf und dass ich ihn zurückgrüßen soll. Er freut sich, dass auch mein Bruder sich an ihn erinnert hat. So kann man Freude verbreiten nur in Gesprächen. Und diese Freude kehrt ins eigene Herz zurück, so wie es in einem Spruch heißt, den man früher ins Poesiealbum schrieb. Weihnachtstage im Dienst sind immer besondere Tage, und wer an diesen Tagen frei hat, der wird dieses Besondere nicht erleben!

Eine weihnachtliche
Ost-West-Geschichte

Es ist nun schon viele Jahre her, aber immer in der Adventszeit kehren unsere Gedanken ganz besonders oft in die Zeit zurück, als Deutschland noch ein geteiltes Deutschland war. Mein Sohn las gern »Fix und Foxi«-Hefte. 1979 hatte er seine Anschrift dort angegeben in der Hoffnung, einen Brieffreund zu bekommen. Er erhielt zahlreiche Antworten, und mit einigen Jungen aus Süddeutschland bekam er daraufhin Briefkontakt. Das dauerte aber nie lange. Dann verloren sie die Lust am Schreiben.

Zwei Jahre später, 1981, bekam ein Junge in der DDR namens Ralf über viele Umwege ein »Fix und Foxi«-Heft in die Hand. Das Exemplar war schon ziemlich abgegriffen, bestimmt schon durch viele Kinderhände gewandert, bevor es endlich bei Ralf landete. Und wieder über Umwege, weil wir inzwischen umgezogen waren, erreichte dann ein Brief von Ralf meinen Sohn. »Ein Brief aus der DDR! Na sowas!« Dieser Ralf war elf Jahre alt und besuchte die sechste Klasse, wohnhaft in Tauscha bei Penig. »Was für ein komischer Name! Und wo ist denn Karl-Marx-Stadt? Das ist ja in Sachsen! In der DDR! So weit weg!«

Wir suchten mit der Lupe die Landkarte ab. Irgendwann hatten wir den Ort Penig und gleich daneben Tauscha entdeckt. Wir hatten eine ziemlich alte Landkarte. Eine Autokarte der DDR besaßen wir nicht, denn dorthin konnten wir wegen der Grenze sowieso nicht. Tauscha war ein kleines Dorf in der Nähe der Kleinstadt Penig in der Nähe von Chemnitz, damals noch Karl-Marx-Stadt genannt. Wie spannend!

Nun ging ein reger Briefwechsel los, von Schleswig-Holstein nach Sachsen und umgekehrt. Die beiden Jungen waren fleißige

Schreiber. So erfuhren wir sehr viel über das Leben in der DDR. Ralfs Eltern hatten ein Eigenheim bauen können und wohnten noch nicht lange darin. Sie besaßen einen Trabant, und Ralf fragte Kai, ob er überhaupt wüsste, was denn ein Trabant sei.

Beide Jungen sammelten Briefmarken. Auch das war ein Ansporn, so oft wie möglich zu schreiben. Die Briefe wurden mit Sondermarken frankiert. Sie tauschten sich aus über Fußballvereine und sonstigen Sport und über Schulangelegenheiten und Musik. Wir schickten Weihnachtspäckchen mit Spielzeugautos und Naschereien. Anfangs wussten wir noch nicht so recht, was ein Junge in der DDR gern hätte. Bücher durften nicht geschickt werden, Schallplatten und Kassetten natürlich auch nicht. Ins Paket ganz obenauf gehörte ein Zettel mit Inhaltsangabe, Überschrift: »Geschenksendung, keine Handelsware«. Es war ein merkwürdiger Gedanke für uns, sich vorzustellen, dass jemand den Inhalt unseres Pakets kontrolliert.

Ralf äußerte, dass er gerne Jeans hätte, auch abgelegte. Und so schickten wir für ihn und seine ältere Schwester Jeans. Eine Jeans zu besitzen war das absolute Highlight für die Jugendlichen in der DDR. Ralf wollte seinem Brieffreund auch gern eine Freude machen und schrieb, wie schwierig es sei, in der DDR etwas wirklich Schönes zu bekommen. Kai erhielt eine Schreibmappe und Schokolade.

Ralfs Mutter schickte uns einen Christstollen, einen Original Sächsischen Weihnachtsstollen, von ihr selbst gebacken. Den hatten wir uns aber ganz anders vorgestellt! Er war für unseren Geschmack etwas trocken. Es war auch kein Puderzucker darauf. Wir strichen dick Butter auf jede Scheibe. So schmeckte er sehr gut. Und so kannten wir es in Norddeutschland mancherorts sowieso. Ralfs Mutter war Näherin in einem großen Betrieb. Daher befanden sich in den Paketen von »drüben« immer Waschlappen, rosa und hellblau, mit einem dicken Aufhänger dran, manchmal auch Unterwäsche.

Zahlreiche erzgebirgische Weihnachtssachen fanden nun den Weg zu uns. Diese waren mit den Waschlappen umwickelt, als Polsterung für die empfindlichen Schnitzereien. Es gingen weiterhin viele Briefe hin und her. Auf den Rückseiten der Umschläge wurden auf beiden Seiten der Briefklappe je zwei Striche gemacht. So war zu sehen ob die Briefe zur Kontrolle geöffnet worden waren. Wir wagten es einmal, Ralf einen Briefmarkenkatalog zu schicken. Leider hat er ihn nie bekommen.

Einige Jahre ging es so weiter mit der Korrespondenz. Auf beiden Seiten der Grenze wurden die Briefe sorgfältig von Ralf und Kai in einem Ordner abgeheftet. Und sehr regelmäßig, jedes Jahr Anfang Advent, erreichte uns der Sächsische Weihnachtsstollen. Irgendwann beschloss ich, an Ralfs Eltern zu schreiben. Sie erhielten den ersten Brief von mir zum Jahresanfang 1986. Sie freuten sich sehr über meine Post, und so begann nun zusätzlich ein reger Briefwechsel zwischen uns Erwachsenen. Wir planten nun sogar, irgendwann »unsere« DDR- Familie zu besuchen. Inzwischen wussten wir schon viel voneinander und waren sehr neugierig geworden, wie es denn in der DDR so ist. Und wir wollten uns unbedingt persönlich kennenlernen.

Die Besuchsplanung wurde konkreter. Es war nur möglich mit ihnen zu telefonieren, wenn wir per Brief einen festen Zeitpunkt abmachten. Sie selbst hatten kein Telefon und gingen für diesen Zweck zu Bekannten. Sehr wenige Bewohner im Dorf besaßen ein eigenes Telefon. Außerdem konnte man sicher sein, dass von der Stasi mitgehört wurde. Irgendwie fürchtete ich mich auch ein wenig, wirklich den Reiseplan in die Tat umzusetzen. Man hatte von vielen Unannehmlichkeiten an der Grenze gehört. Wir gaben unsere Daten per Brief durch und beantragten die Einreisegenehmigung. Mitbringsel wurden eingekauft, vor allem Südfrüchte, und auf Wunsch auch Toilettenpapier, weil die Qualität dieses Produkts dort zu wünschen übrig ließ.

Ich war sehr angespannt. Mein Mann sah es etwas lockerer als ich. Straßenkarten wurden studiert. Wir mussten genau angeben, welche Strecke wir nehmen würden. Erst einen Tag vor der Abreise erhielten wir die nötigen Papiere. Am 17. Juni 1988 starteten mein Mann und ich zum ersten Mal Richtung Tauscha, um unsere per Brief gewonnenen Freunde kennenzulernen: Ralfs Eltern Christine und Dieter. Die Spannung und Vorfreude war auf beiden Seiten groß.

Die Fahrt wurde gut überstanden. An der Grenze wunderten wir uns über manche Schikane, besonders über den langen Spiegel, der unters Auto gehalten wurde. Eine offen auf dem Rücksitz liegende Zeitschrift wurde konfisziert, und der Kofferraum und die Motorhaube mussten geöffnet werden. Die Grenzpolizisten wirkten auf uns angespannt und sehr sachlich, waren aber nicht unfreundlich. Nur ein Lächeln sahen wir nicht.

Was wir dann während unserer Fahrt dort über Land zu sehen bekamen, hatten wir so nicht erwartet: Ein Grau in Grau, so sahen die Dörfer aus. Keine Farbe an den Häusern. Die Straßen waren voller Löcher, mehr als reparaturbedürftig. Wir wurden von Christine und Dieter sehr herzlich aufgenommen, und unsere Freude war beiderseits sehr groß, dass wir es geschafft hatten, in die DDR zu kommen. Sie besaßen ein sehr schönes Haus, aber auch das war grau verputzt, ohne Farbe. Innen aber war es sehr gepflegt, gemütlich und schön.

Wir hatten mit ihnen sehr schöne Tage. Sie zeigten uns ihre Heimat und wir fuhren ins Erzgebirge, wo wir in Seifen die Schnitzereien bewunderten und nun auch zusehen durften, wie so ein kleines Kunstwerk entsteht. Als wir wieder abfuhren, gab es bei Ralfs Eltern bittere Tränen. Sie durften ja nicht zu uns kommen. »Kommt wieder, kommt wieder!«, sagten sie.

Wir sind dann vor der Maueröffnung noch öfter in Tauscha gewesen, trotz des bürokratischen Aufwands und der unangenehmen

Grenzüberquerungen. Mein Sohn Kai und auch Ralf wurden erwachsen, und Kai hatte seinen Führerschein. Nun fuhr er mit einem seiner Freunde zusammen in die DDR, um Ralf kennenzulernen. Die beiden verstanden sich auf Anhieb, und sie trafen sich noch ein paarmal »drüben«, jeweils mit einem anderen seiner Freunde. Die jungen Leute waren neugierig und wollten sozusagen dort selbst »die Lage peilen.«

Dann passierte das Wunder. Es gab Demonstrationen in der DDR. Es rührte sich was. Wir hatten schon geahnt, dass es dort so nicht weitergehen konnte. Aber so schnell hatten wir doch nicht damit gerechnet. Die Mauer war tatsächlich gefallen! Mein Sohn und einige junge Leute fuhren direkt zur Grenze, um dort die Ostdeutschen willkommen zu heißen.

Viele Menschen hatten sich spontan auf den Weg in den Westen gemacht. Auch Ralf und seine Freundin kamen bald bei uns an. Wir luden unsere Freunde ein, Weihnachten bei uns zu verbringen, und sie machten sich mit ihrem Trabi auf den langen Weg zu uns in den äußersten Norden. Niemals werden wir diese Freude vergessen, als wir Christine und Dieter aus dem Trabi steigen sahen. Weinend fielen wir uns in die Arme. Es war für uns alle ein unvergessliches Weihnachten!

Als wir nun den kläglichen Rest des im Advent erhaltenen Stollens servierten, machten Christine und Dieter große Augen: »Ist das unser Stollen? Warum habt ihr den denn nicht gestrichen?« Wir erfuhren, dass der Stollen nach dem Backen mit viel zerlassener Butter bestrichen und danach dick mit Puderzucker besiebt wird. Die beiden hatten angenommen, dass wir es selbst tun würden und ihn deshalb immer »nackt« geschickt. »Ihr habt ihn jedes Jahr so gegessen? Das darf doch nicht wahr sein!« Wir mussten sehr lachen. Jedes Jahr Anfang Advent kommt der Stollen nun fix und fertig, wie es sich gehört, gestrichen und gepudert bei uns an. Und wir wissen:

Der Stollen wird sehr dünn aufgeschnitten. Nur so ist es wirklich ein Original Sächsischer Christstollen.

Kai und Ralf sind längst Familienväter, und deren Kinder sind befreundet. Ralf zog nach der Maueröffnung ins Ruhrgebiet. Dieter ist leider kurz nach der Maueröffnung verstorben. Unsere liebe Freundin Christine wohnt immer noch in Tauscha, und wir können telefonieren, so oft wir wollen. Alle unsere Briefe, von Jung und Alt, sind sorgsam aufgehoben worden, als Zeitdokument und Erinnerung an das geteilte Deutschland. In der Adventszeit erinnern uns unsere zahlreichen erzgebirgischen Schnitzereien immer wieder daran, was es bedeutet, jederzeit überall hinreisen zu dürfen.

Gedanken über die Knicks in Angeln

Wir gehen viel spazieren oder walken, meist auf den in der Nähe gelegenen Feldwegen an den Knicks entlang und dann durch den Schnaruper Wald an der Au vorbei bis zur Brücke, wo man auf den Neuen Weg – so der Straßenname – kommt und zurück ins Dorf gelangt. Manchmal laufen wir auch noch durch die Schnaruper Wiesen. Fast überall schützt uns ein Knick vor Wind und Regen.

Neulich bot sich uns ein unschöner Anblick auf der ersten Strecke des Weges an, und das auf beiden Seiten. Der Knick war abgeschlagen worden. Ich weiß, dass es ab und zu sein muss. Aber trotzdem bin ich jedes Mal traurig, wenn ich es sehe. Ab und zu war ein noch ganz dünner Baum stehen gelassen worden. Auf der Koppelseite lagen die Buschholzhaufen und warteten darauf, dass sie geschreddert werden. Das etwas dickere Holz wird wohl auch nicht mehr herausgesägt so wie früher. Heutzutage wird so ein Knick innerhalb eines Tages abgehauen. Alles passiert maschinell. Ein Kettenfahrzeug schneidet (oder kneift eher) alles ab. Der Knick wird nicht mehr »auf den Stock« gesetzt.

Ich befragte meinen Mann, wie das früher genau gehandhabt wurde. Er erzählte, dass er im Winter vormittags nach der Viehversorgung losmarschierte, mit einem Beil und dem Hiebs, in seinen Hosen- und Jackentaschen Pfeffernüsse, die Reste der Weihnachtsbäckerei. Nach der Mittagsstunde dann noch einmal, bis zur Futterzeit. »Wie, nur mit einem Beil, nicht mit einer Säge?«–»Nein, nur Beil und Hiebs«. Er erklärte mir, was mit dem Hiebs gemacht wird, aber das hochdeutsche Wort dafür konnte er mir nicht sagen.

Das Wort ließ mir keine Ruhe und ich rief bei unserem ehemaligen Nachbarn an, der das doch wohl wissen musste. Er betrieb nämlich früher bei uns nebenan die Schmiede. Ein Hiebs ist ein Zugmesser, erfuhr ich. Das erklärt dann ja schon, wie es benutzt wird. Die Arbeit an den Knicks war also früher nur »Knochenarbeit«.

Als ich noch ein Kind war, spielten die Knicks in meinem Leben eine große Rolle. Wir versteckten uns darin, bauten Höhlen, kletterten darin herum, ließen unserer Fantasie freien Lauf. Besonders die ganz alten Knicks waren dafür wunderbar geeignet. Vogelnester wurden gesucht und beobachtet. Wir fanden Laubfrösche, Blindschleichen, Fuchslöcher, und im Herbst pflückten wir Brombeeren und Nüsse. Wenn ein Knick abgehauen war, lag dann hinter unserem Haus ein großer Buschholzhaufen. Auf dem kletterten wir Kinder herum und hüpften, denn das war unsere Wippe. Wir pflückten auch Weidenkätzchen für die Vase. Das grobe Brennholz war herausgeschnitten und lag bereit für die Kreissäge.

Im frühen Frühjahr kam der Buschknacker. Das war immer sehr aufregend für uns Kinder. Es hieß:»Korl Kanink kümmt!« Ein älterer Herr mit seinem Trecker und dem dahinter gespannten Buschknacker fuhr ums Haus herum zum Holzplatz. Vater und Großvater halfen, das Buschholz zum Zerkleinern in den Trichter hineinzuschieben. Es machte einen ziemlichen Lärm. In Gedanken habe ich dieses » Knack-Knack-Knack« noch im Ohr.

Einmal war gerade dann meine Tante bei uns zu Besuch. Meine Mutter backte Puttkook (Napfkuchen) und auch noch einen Apfelkuchen. »Dat mutt jo langen, denn Korl mach gern Kooken!« Zur Kaffeezeit saßen alle in unserer kleinen Küche. Meine Tante sagte: »Moin, Herr Kaninchen!« Alles guckte ganz betroffen – wie peinlich! Aber dann musste Korl so lachen, dass er gar nicht aufhören konnte, und alle lachten mit. Am peinlichsten war es meiner Tante. Sie hatte einen ganz roten Kopf. Ich weiß bis heute nicht, wie Korl Kanink wirklich hieß. Vielleicht wusste es auch sonst keiner. Nun war wieder Brennholz für den nächsten Winter bereit. Das Buschholz wurde nach und nach in den Schuppen gefahren, die dicken Äste mit der Kreisssäge zersägt und anschließend gespalten und aufgesetzt.

Ich versuchte auch oft, das Holz zu spalten. Auf dem Haublock steckte meist das Beil. Das durfte ich natürlich nicht. Das Geräusch der Säge ist noch in meiner Erinnerung wie so vieles andere aus meiner Kindheit.

Ich sehe uns noch alle in der Küche sitzen. Dort war es immer warm. Der Ofen in der Stube wurde erst abends angeheizt. Manchmal kam ein Nachbar zum Schnacken. Man saß auch einfach auf dem Holzkasten neben dem Herd. Auf dem Herd brummte der Teekessel vor sich hin. Meine Mutter goss Wasser in die Kaffeetasse mit dem Nescafé. Es war so gemütlich!

In diesem Jahr werden wir hier keine Brombeeren pflücken können, auch keine Nüsse, und die Fliederbeerbüsche müssen auch erst wieder wachsen. Aber es gibt ja noch genügend Knicks, die noch nicht dran sind, und es schadet auch nicht, wenn wir woanders danach suchen müssen. Bewegung ist ja bekanntlich gesund.

Alte Weiber dürfen klettern

Mein 65. Geburtstag nahte. Ein bisschen mehr feiern als sonst sei wohl angebracht, dachte ich, und dann auch im Dorfkrug. Ich würde zwar nicht sofort »richtig« in Rente gehen, aber ein fünfundsechzigster Geburtstag ist doch etwas Besonderes.

Einladungen wurden geschrieben. Zusagen kamen und die Frage: »Was wünscht du dir denn?« Ich hatte einen großen Wunsch, traute mich aber andererseits nicht, ihn auszusprechen. Ich wünschte mir schon lange einen Hochsitz! Immer wenn wir spazieren gingen, war ich ab und zu auf einen hochgeklettert, und am schönsten fand ich den geschlossenen in den Schnaruper Wiesen. So gemütlich von innen, bei Wind und Wetter darin zu sitzen, das müsste doch toll sein! Mit dem Fernglas in die Natur schauen, Rehe oder anderes Wild beobachten, einfach darin zu entspannen. Niemand sieht mich, und ich sehe alles!

Und wo würde denn bei uns so ein Ding stehen? Ich überlegte, ging herum durch unseren Garten und den Park hinter unserem Haus. Na klar, da auf dem Knick!

Ich weiß nicht, wie viele mich für verrückt erklärt haben, einschließlich (in Gedanken) mein Mann. Aber ich sagte, dass ich mir einen Hochsitz wünsche. Ich fragte den Jäger in unserem Dorf, der sich damit auskennt. Er baut sie, und an der Straße hatte ich schon öfter fertige Hochsitze oder – wie er sie nennt – »Kanzeln« gesehen. Er willigte ein, und ich wusste dann auch, was so ein Traumobjekt kosten würde. Wenn das Geldgeschenk dafür nicht ausreichen würde, dann würde ich den Rest dazulegen.

Die Geburtstagsfeier kam. Ich erhielt genug Geld und dazu noch zwei kleine selbstgebastelte Miniatur-Hochsitze mit Püppchen und Hund darin, liebevoll gestaltet. Ich freute mich sehr. Von dem Jäger

und seiner Frau erhielt ich ein besonderes Glückwunschschreiben
mit dem Spruch von Astrid Lindgren:

> *Es ist nicht verboten für alte Weiber,*
> *auf Bäume zu klettern!*

Und nun war die Vorfreude auf diesen »Jagdsitz« groß. Als das
Häuschen dann mit dem Traktor herangefahren wurde und der
Aufbau begann – das war ein großer Tag für mich! Es geschah im
frühen Frühjahr. Mehrere Fotos wurden gemacht. Ich war glücklich.
Da stand es nun endlich!

Am nächsten sehr frühen Morgen kletterte ich die Leiter empor,
öffnete alle Fenster und genoss die Aussicht auf das Feld. Ein Fernglas hatte ich natürlich auch dabei. Außerdem eine Kanne mit Tee.
Es war allerdings sehr kalt da in der Hütte!

Gleich während der ersten Sitzung sah ich ganz nah unter mir ein
Reh, das die ersten Rosenknospen vernaschte. Ich sah Greifvögel
fliegen und beobachtete einige Vögel in unserem Park. Da war ordentlich was los. Wenn es nur nicht so kalt gewesen wäre! Ich bin
sowieso von Natur aus ein »Frostkötel«! Also holte ich mir eine alte
Wolldecke. Das war aber noch nicht ideal. Ich besorgte mir einen
Schlafsack. Den konnte ich bis unter die Arme ziehen und mein »un-
teres Ende« blieb warm. Auch Schreibzeug dabei zu haben, erweist
sich manchmal als nützlich.

Wenn die Natur grüner wird, ist die Aussicht nicht mehr ganz so
gut. Aber trotzdem kann man bis runter zum Schnaruper Wald sehen. Links und rechts schaut man nur in unseren Park, aber auch da
gibt es etwas zu beobachten. Ein Schwanzmeisenpärchen sah ich
zum allerersten Mal. Ich wusste gar nicht, dass es bei uns gebrütet
hatte. Ich dachte, sie ziehen hier nur so durch.

Es tut auch gut, sich in dem Hochsitz einfach mal zu »verkriechen«, wenn einem danach ist. Es ist bei offenen Luken darin auch hell genug, um zu lesen.

Im Frühjahr wird alles von innen mit einem Handfeger kräftig abgefegt. Florfliegen lieben diesen Unterschlupf ganz besonders. Deshalb ist es gut, ab und zu alle Luken zu öffnen und den Wind durchblasen zu lassen.

Ab und zu muss rundherum freigeschnitten werden, damit man überhaupt noch etwas sieht. Erstaunlich, wie schnell ein Knick wieder zuwächst. Unter dem Hochsitz kratzen unsere Hühner herum. Da ist es trocken, und sie baden in der lockeren Erde. Auf jeder Seite hängt ein Vogelhäuschen.

Der Spruch von Astrid Lindgren hängt im Hochsitz an der Wand. Ein kleines rundes Tischchen hat sogar Platz darin gefunden.

Ich habe nichts gegen Jäger und die Jagd. Im Gegenteil – ich finde es richtig, Wild zu essen. Das ist etwas anderes, als sich ein Stück Fleisch aus einer Massentierhaltung zu kaufen. Außerdem helfen

Jäger, die Natur im Gleichgewicht zu halten. Es darf nichts Überhand nehmen. Kein richtiger Jäger wird aus Spaß Tiere töten.

Ich bin zwar Vegetarierin, aber auch nicht auf Fleisch angewiesen. In Grönland gibt es sicher nicht so viele Möglichkeiten, wenn man Vegetarier sein möchte. Die Menschen dort sind es sogar gewohnt, rohes Seehundfleisch oder Walfleisch zu essen. Ich weiß ja auch gar nicht, wie ich mich verhalten würde, wenn ich hungern müsste. Alles, was mit Respekt geschieht, finde ich in Ordnung. Tiere sollten geachtet werden. Und es ist so schön, sie zu beobachten – in freier Natur!

Abenteuerspiele

Beim Spazierengehen kommt es manchmal vor, dass wir weggeworfene Flaschen mitnehmen, und wir fragen uns, wieso wer auch immer die nicht abgibt. Es ist doch Pfand drauf! Und überhaupt: Es stehen bei jedem Haus Mülltonnen, inzwischen für jeden Haushalt vier Stück, denn die gelbe Tonne für Verpackungsmüll ist inzwischen noch dazugekommen. Trotzdem liegt an den Straßenkanten oder im Graben immer wieder Müll, welcher da nicht hingehört.

In den Städten gibt es sogar Menschen, die Pfandflaschen aufsammeln, weil es sich wirklich lohnt, oder weil sie das Pfandgeld zum Überleben auf der Straße dringend benötigen. Ich erinnere mich an eine Zeit, als es noch keine Mülltonnen hier auf dem Land gab. Der Konsum war noch nicht so angewachsen, und von einer »Wegwerfgesellschaft« konnte noch keine Rede sein. Es war eigentlich ein nachhaltiger Umgang mit den meisten Dingen. Einiges wurde trotzdem weggeworfen, und für uns Kinder war das sehr spannend.

Da gab es an dem Feldweg zu meinem Elternhaus den sogenannten »Schietbaarg«. Der Feldweg führte ein kleines Stück durch den Wald – sehr günstig für Müllsünder – weder von der Bundesstraße noch von irgendwelchen Nachbarn zu beobachten, landeten dort ab und zu nicht nur Gartenabfälle.

Der Wald war sowieso unser Abenteuerspielplatz. Der »Schietbaarg« wurde deshalb regelmäßig von uns Kindern nach »Schätzen« abgesucht, manchmal auch umgewühlt, weil irgendetwas interessant Erscheinendes halb von Erde bedeckt herausschaute. Alte Kochtöpfe oder Pfannen hatten wir immer mal wieder mitgeschleppt, denn bei unserem Nachbarn gab es das alte Backhaus. Darin stand ein alter eiserner Ofen mit einer Kochplatte. Es war uns sogar erlaubt, nachdem wir uns die üblichen Verhaltensmaßregeln angehört hatten, dort Feuer zu machen: »Aber pass opp, maak dormit keen Dummetüch!«–»Ja, ja, weiß ich doch!«

Im Hühnerstall gab es Eier zu »besorgen«. Fast überall wurden Hühner gehalten. Etwas schwieriger gestaltete sich die Zutatenliste, aber irgendwie schafften wir es immer, uns ein Mahl zu kochen. Tütensuppe und Spiegeleier war unser »Standardessen«. So allerhand ausgedientes Koch- und Küchengerät und »fast heiles« Geschirr sowie alte Zeitungen wurden dort hingeschleppt. Das Holz für den Ofen gab es reichlich in den Wäldern zu sammeln.

Die beste Zeit für unseren Abenteuerspielplatz »Schietbaarg« war das Frühjahr, denn es wurde regelmäßig überall Frühjahrsputz gehalten und viele Dinge entweder verbrannt oder dort im Wald entsorgt. Ich erinnere mich an eine gläserne blaue Parfümflasche. Hielt man sie ins Licht, dann funkelte sie herrlich – ein richtiger Schatz! Wir ahnten auch meist, von welchem Nachbarn die jeweiligen Sachen stammten. In der Nähe unseres Hauses befand sich zum Leidwesen meiner Eltern eine Nerzfarm. Daneben waren unsere Kühe auf der Weide, und je nach Windrichtung hatte man beim Melken diesen penetranten Gestank zu ertragen. Wir Kinder vermuteten, dass die Parfümflasche ganz sicher von dort kommen musste. Die Frau des Nerzzüchters trug einen Pelzmantel, und sicher kam nur sie für den »kostbaren« Fund in Frage. Die Flasche roch sogar nach Parfüm!

Auf dem »Schietbaarg« trafen sich Jungen und Mädchen. Dort entsorgte Möbel und nicht brennbare Gegenstände wurden begutachtet. Der eine konnte dies, der andere das gebrauchen. Es kam auch mal vor, dass sich bei der Sucherei jemand an einer Glasscheibe oder etwas anderem verletzte. Gar nicht tragisch. Dann wurde zu Hause ein Pflaster drauf gemacht, und raus ging es wieder zum Spielen. Es wurde uns Kindern viel erlaubt, nur: Mit nach Hause bringen, »wat anner Lüüd wechschmeeten hem«, war nicht gern gesehen. Dann wurde es von uns heimlich irgendwo deponiert.

Ich sammelte Zigarettenmarken. An der Bundesstraße fand man sehr oft leere Schachteln. Die wurden sorgfältig glattgestrichen und auch untereinander getauscht. Juno, Peer, Chesterfield, Pall Mall, Rothändle, Lux und HB – das sind einige Namen, die mir wieder einfallen. An das HB-Männchen später im Werbefernsehen kann sich wohl jeder noch erinnern: »Halt, wer wird denn gleich in die Luft gehen! Greife lieber zur HB!« Was ich dann später leider auch tat, zuerst heimlich, und dann wurde es für etliche Jahre zur Gewohnheit.

Wir Kinder fuhren mit dem Fahrrad durch die Wälder. Alle Feldwege auch in weiterer Umgebung kannten wir. Die Kreisbahnstrecke war ein beliebtes Ziel. Unsere Fahrräder wurden irgendwo hingeworfen, unsere Köpfe zum Lauschen auf die Schienen gelegt. So warteten wir auf den Zug und winkten. Wir sammelten Champignons auf den Weiden, Kastanien zum Basteln, bauten Höhlen in den Wäldern, kletterten auf die Bäume. Im Frühjahr holten wir uns aus den Gärten den ersten frischen Rhabarber. Irgendeiner von uns besorgte aus der Küche einen Zuckertopf. Dann ging's los: einstippen, abbeißen – herrlich sauer-süß. Ein Genuss – dazu noch ein sehr gesunder! Sicherlich gesünder als aus der Handfläche das mit Spucke befeuchtete und schäumende Brausepulver zu schlecken.

Wir Kinder auf dem Land hatten so viel Freiheit. Ich denke gerne daran zurück. Unsere Eltern hatten mit Haus, Garten und Vieh genug zu tun, waren froh, wenn wir uns beschäftigten und draußen spielen konnten, nachdem die Schularbeiten erledigt waren. Unsere Spiele waren natürlich nicht immer ganz ungefährlich. Im Winter wurde auf gefrorenen Überschwemmungen Schlittschuh gelaufen. Wenn ich heute nach dem vielen Regen das Wasser überall stehen sehe, dann denke ich: »So viel Wasser und kein Frost! Was ist das für ein Winter?«

Inzwischen ist das Spielverhalten der Kinder sehr viel anders geworden. Die Winter sind milder. Es gibt keine Eisflächen mehr in den Dörfern. Die Kinder haben andere Beschäftigungen, gehen zum Sport und zum Musikunterricht. Sie werden mehr gefördert. Sie werden mit dem Auto von A nach B gefahren. Dann gibt's noch die neuen Medien. Wir sehen nicht mehr viele Kinder draußen spielen, und wenn, dann meist auf einem Spielplatz. Aber es geht fast jedes Kind heutzutage in den Kindergarten. Es gibt auch in einigen Ortschaften Waldkindergärten, was ich besonders schön finde. Das Spielen im Wald ist einfach durch nichts anderes zu ersetzen. Ich habe außerdem den Eindruck, dass Kinder ernster genommen werden als früher. Und das ist doch gut.

Meine Grundschulzeit in Angeln
1955 bis 1960
Die Kindergilden

Ich besuchte die kleine Dorfschule, ein strohgedecktes Schulhaus, wo auch der Hauptlehrer seine Wohnung hatte. Es gab nur zwei Klassenräume, für Kinder vom ersten bis vierten Schuljahr die kleinere Klasse und für die Großen bis zum neunten Schuljahr den Schulraum nebenan. Jeder Raum war mit einem eisernen Ofen ausgestattet. Ein kleinerer Raum beinhaltete einige Sportgeräte. Im Vorraum vor den Klassen wurden die Jacken aufgehängt, und wenn es regnete, hielten wir uns dort auf. Sonst ging es unbarmherzig immer nach draußen an die frische Luft. Auf dem Schulplatz wurde während der Pausen gespielt. Ich erinnere mich besonders an Kreisspiele wie »Ziehet durch, ziehet durch, durch die goldene Brücke« und »Wer hat Angst vorm schwarzen Mann« sowie Hinkepoot und Tick. Die älteren Mädchen pflegten »sehr erwachsen« in der Sonne zu stehen und sich zu unterhalten. Gern gesellten wir kleineren uns dazu und wurden »gnädig betütelt.« Die Jungen tobten herum oder spielten Fußball. Die Trillerpfeife des Lehrers verkündete das Ende der Pausen. Der Bäckerladen gleich nebenan wurde von vielen heimlich besucht; ein normales Brötchen kostete damals sieben Pfennig. Ich höhlte es gerne aus und aß danach das Knusprige.

Ab und zu, wenn das Wetter es erlaubte, wurden Sportstunden abgehalten. Auf der geteerten Dorfstraße neben der Schule wurden 50 oder 100 Meter für den Wettlauf mit Kreide markiert. Dauerlauf gab es auch. Jemand passte auf, ob ein Auto kam. Der Verkehr war damals noch etwas spärlich. Eine Sprunggrube für den Weitsprung war auch auf dem Schulplatz vorhanden. Die großen Jungen hatten dafür zu sorgen, dass diese frisch geharkt und brauchbar war.

Einmal im Jahr wurden in Arnis auf dem Sportplatz für die Schulen Faulück, Rabenkirchen und Grödersby sowie für die Schule im Städtchen Arnis die Bundesjugendspiele abgehalten. Und dafür musste natürlich vorher geübt werden. Unser Lehrer legte großen Wert darauf, dass »seine Schule« bei den Wettkämpfen besser abschnitt, besonders als Rabenkirchen. Da muss es irgendwie eine besondere Konkurrenz gegeben haben, die mir nicht klar war.

Kindergilde mit Mama und kleinem Bruder in der Gaststätte Karschau

Wir fuhren natürlich alle mit dem Fahrrad dorthin. Ich konnte zweimal eine Siegerurkunde erkämpfen. Für eine Ehrenurkunde reichte es leider nicht ganz. Das Völkerballspiel mochte ich überhaupt nicht gern. Es gehörte aber als Mannschaftssport immer dazu.

Ein absoluter Höhepunkt im Schuljahr war die Kindergilde, die vor den Sommerferien stattfand. Am Vormittag ging es los mit den

Wettspielen auf dem Schulplatz: Sackhüpfen, Eierlaufen, Topfschlagen, Dosenwerfen, Pfeilwerfen, Ballspiele und andere Geschicklichkeitsübungen. Die großen Schüler durften sogar mit der Armbrust schießen oder mit dem Luftgewehr auf Schießscheiben.

Sogar ein »Vogelschießen« wurde abgehalten. Einige Schüler waren besonders geschickt und wurden immer wieder König oder Königin. Ich konnte ein einziges Mal den zweiten Platz erreichen. Die Preise bestanden meist aus silbernen Löffeln oder irgendwelchen Tellern. Das war auch gar nicht so wichtig. Die Königspaare beka-

---

Alte Tanzlieder, die bei den Kindergilden gespielt wurden:
Der Herr kniet vor der Dame. Die Dame stellt ihren Fuß auf das Knie des Herrn. Man singt das Lied, und jeder windet dabei seine Hände vorwärts umeinander, dann seitlich auseinander, mit ausgebreiteten Armen. Beim Refrain stehen beide auf und tanzen im Galopp um den Saal.

Ach lieber Schuster du, flick du mir meine Schuh,
die Schuh, die sind entzwei, der Schuster macht sie neu!
Refrain:
Wer weet, wie dat noch kamen kann, wer weet, wie dat noch kümmt!
Neue Melodie:
Gah vun mi, gah vun mi, ick mach di nich sehn!
Kumm to mi, kumm to mi, ick bünn so alleen!
Refrain:
Fiderallalala, fiderallalala

Das Tanzpaar steht voreinander, singt den Text und weist gegenseitig mit beiden Händen von sich weg, winkt dann aber bei »Kumm to mi« mit dem Zeigefinger zu sich oder holt dadurch von einem anderen Tänzer den Tanzpartner weg. So wechselt man während des Tanzes mehrmals den Tanzpartner. Anschließend mit dem Refrain und Galopptanz um den Saal herum. Dann beginnt es wieder von vorn.

---

men Schärpen umgehängt in Blau-Weiß-Rot, den Schleswig-Holstein-Farben. Das Schönste war natürlich der Umzug durchs Dorf. Die Bauern stellten ihre Gespanne zur Verfügung, Pferde und Wagen wurden festlich geschmückt. Auf einem Wagen hatte die Blaskapelle ihren Platz. Die Königspaare durften in der Kutsche sitzen.

Für alle anderen wurden auf Kastenwagen Bänke aufgestellt. Die Jungen hatten Blumenbügel oder geschmückte Stöcke dabei. Die Mädchen trugen Blumenkränze im Haar, meist selbst gebunden.

Vor der Kindergilde 1960
mit meinem Bruder

Die Fahrt ging an Viehkoppeln vorbei. Die Kühe und Kälber sind zur Musik mit entlang galoppiert. Auch die Pferde auf den Weiden spielten verrückt; es war spaßig anzusehen. Der Festzug machte bei den Bauern eine Runde ums vorhandene Rondell oder einfach eine Kehrtwendung auf dem Hofplatz. Meistens wurde angehalten und ein Musikstück extra gespielt. Es wurden an uns Kinder Zuckerkringel verteilt oder sogar mal Eis am Stiel.

Die Fahrt ging ganz bis Lacheby raus Richtung Kappeln und ans andere Ende bis zur Schlei nach Karschau. In der Gaststätte in Karschau fand dann die Feier mit Musik und Tanz statt. Zuerst wurde die Kaffeetafel genossen. Eltern und Großeltern und kleinere Geschwister, alle nahmen daran teil.

Die Jungen »verdrückten sich« gern nach draußen. Unten an der Schlei standen Tische und Stühle. Eine Treppe führte hinunter. Dort waren lauschige Ecken mit Gebüsch, aber der Lehrer holte sie zum Tanzboden zurück. Es half nichts. Sie mussten tanzen. Sehr beliebt war der Marschwalzer, dann auch »Ga vun mi«, und »Ach lieber Schuster du«.

Alle hatten sich fein gemacht. Mädchen trugen zu der Zeit den Petticoat unterm Rock. Die Jungen hatten feine Hemden an. Für die Jugend endete das Tanzvergnügen gegen 20 Uhr. Die Erwachsenen hatten danach dann ihr Fest, wenn die Kinder nach Hause gebracht worden waren.

Hinter der Gaststätte standen die »berüchtigten« Plumpsklos. Das war damals eben noch so. Aber es war kein Vergnügen sie zu benutzen, weil es für die vielen Menschen einfach zu wenige waren.

Ich erinnere mich an die Vorfreude auf den Höhepunkt im Schuljahr, die Kindergilde. Was für ein Kleid sollte es denn sein? Ich hatte mal eines aus Krepp-Stoff, selbstgenäht von meiner Großmutter. Das mochte ich besonders gern. Jedes Mal wurden vor dem Fest Fotos gemacht – mein Bruder und ich in Festkleidung. Ich trug einen Blumenkranz im Haar.

Ich sehe es noch genau vor mir, wie die Großmütter und Mütter mit ihren Kindern, Enkelkindern, den kleinen wie den größeren tanzen, wie alle so viel Freude hatten. Die Väter kamen meist erst später dazu oder abends. Ich habe noch vor Augen, wie die größeren Jungs sich nach draußen davonmachten, um nicht tanzen zu müssen. Ab und zu wurde ja Damenwahl angekündigt. War jemand aber »König« geworden, dann ging kein Weg daran vorbei: Es musste am Anfang der Ehrentanz der Königspaare stattfinden. Für einige ein Grund, lieber die Königsehre nicht zu erreichen!

Als ich dann später in Kappeln zur Schule ging, war ich sehr enttäuscht, denn diese Feste gab es nicht mehr. Sie wurden nun Schulfest oder Kinderfest genannt, und irgendwann gab es nur noch Klassenfeste. Es war ja kein Dorffest mehr. Die Eltern kannten sich untereinander nicht, nahmen auch gar nicht daran teil, und Umzüge fanden nicht mehr statt. Aber die Kindergilden der Grundschulzeit sind mir in so schöner Erinnerung geblieben, dass ich es einfach »zu Papier« bringen musste.

Was weiß ein kleines Mädchen vom Krieg?

Deutschland in den fünfziger Jahren: Der Krieg war vorbei, die letzten Heimkehrer aus der Kriegsgefangenschaft heimgekehrt oder für immer vermisst. Familienangehörige wurden noch über den Suchdienst im Radio weiter gesucht. In vielen Familien wurden Söhne, Väter, Brüder, Verlobte und Ehemänner beweint. Die Heimatvertriebenen hatten inzwischen ein neues Zuhause gefunden, sich eingeheiratet oder waren auch weitergezogen, der Arbeit wegen meist gen Süden in den sogenannten Kohlenpott.

Die Gräueltaten der Nazis waren bekannt. Es wurde aber wenig davon erzählt. Niemand wollte dazugehört haben. Vom Krieg wurde aber sehr wohl erzählt. Mein Großvater väterlicherseits kam immer wieder darauf zu sprechen, vor allem am Küchentisch, wenn mir das Essen nicht schmeckte oder ich die Haut auf der Milch eklig fand.

Mein Vater erzählte nichts. Der Opa war im Ersten Weltkrieg in Frankreich verwundet worden. Er hatte einen Durchschuss erlitten am Kiefer und dabei noch großes Glück gehabt. Nach der Zeit im Lazarett musste er nicht wieder »ins Feld.« Er bediente bei Tisch die Ordonanz, ärgerte sich, dass die »hohen Herren« besseres Essen bekamen als die einfachen Soldaten. Er erzählte vor der Zeit davor, als er im Schützengraben lag, und dass sie alle dreckig waren, sich nicht waschen konnten. Ein Spruch von ihm hat sich mir besonders eingeprägt: »Wi haarn keen Lüüs. Dee Lüüs harrn uns!« Sie hatten auch oft nicht genug zu essen und hatten oft Hunger gehabt. Natürlich war das dann der Satz, den ich besonders hasste: »Du weets jo gor nich, wat Hunger is! Denn würs du wohl eeten!«

Krieg war auf Grund dieser Erzählungen für mich etwas sehr Schlimmes: ein Leben mit Läusen und Flöhen auf dem Körper und

Liebe Eltern!   U.S.A. den 15. Mai 1944.

MY ADDRESS IS: ... Gefr. Georg Matthiessen

MEINE ADRESSE IST WIE FOLGT: 4 WG 35596, Co., B.

IL MIO INDIRIZZO E: ... Camp Shelby, C/O. G.P.O. Box 20

New York N.Y. U.S.A.

W.D., P.M.G. Form No. 4

Diesen Brief schrieb mein Vater an seine Eltern – einer von vielen. Aber hier schreibt er von seinem Heimweh nach Angeln. Er war vom 11. Mai 1943 bis zum 21. April 1947 in Kriegsgefangenschaft in den USA. In Tunesien wurde er gefangengenommen. Da war er 22 Jahre alt.

nicht genug zum Essen haben. Geschosse fliegen einem um die Ohren. Man muss sich in einen Graben ducken. Außerdem kann man auch von einer Kugel getroffen werden und sterben. Und ist weit weg von zu Hause!

Von meinem Vater wusste ich nur, dass er mit 19 Jahren eingezogen wurde, dass er im Zweiten Weltkrieg in Tunesien gefangen genommen worden war und dann ein paar Jahre in den USA und in England in der Kriegsgefangenschaft kein allzu schlechtes Leben hatte. Von seinen Erlebnissen hat er nie erzählt. Das wird seinen Grund gehabt haben. Er hatte danach aber mit einem Engländer eine Brieffreundschaft. Ich besitze einige Briefe, die mein Vater aus der Gefangenschaft an seine Eltern geschickt hat. Vieles ist durchgestrichen, zensiert. Es ist aber herauszulesen, dass er großes Heimweh hatte. Vier Jahre ist er in Gefangenschaft gewesen.

Ein Onkel von mir war lange in Russland gefangen – wahrscheinlich in Sibirien. Er hatte der Waffen-SS angehört. Nur durch Zufall habe ich es erfahren. Und dann hieß es: Er war nur in der Waffen-SS! Ein anderer Onkel war auch in russischer Gefangenschaft und eine Zeitlang vermisst und dann glücklicherweise doch nach Hause zurückgekehrt. Die Russen – das waren die ganz Bösen. Anders konnte es auf Grund der Erzählungen ja gar nicht sein!

So nach und nach begriff ich auch, dass wir, die Deutschen, den Krieg angefangen und verloren hatten. Deutschland war aufgeteilt worden: Ostdeutschland, das war die DDR, und Westdeutschland, das waren wir. Pakete wurden in die Ostzone geschickt zu dort lebenden Verwandten, die nicht alles kaufen konnten so wie wir. Keine Seife, kein Kaffee, keine Süßigkeiten. Alles war knapp, und manches wurde auch unter dem Ladentisch gehandelt. In der DDR regierte der Kommunismus. Meine Tante sagte immer, wir bräuchten kein Englisch lernen, weil doch bald alles russisch wäre. Dann wäre es besser, gleich Russisch zu lernen. Wir hatten keine Verwandten »drüben«, aber ich kannte Leute, die Pakete schickten. Ich stellte mir vor, dass es schön wäre, ein Paket für jemand dort zu packen. Und wie sehr der sich dann freuen würde!

Ich wurde älter und ging nach Kappeln aufs Gymnasium. Es war im Jahr 1961. Mit einer Schulfreundin aus Kappeln traf ich mich öfter zum Spielen. Ich fuhr dann nachmittags noch einmal mit dem Fahrrad die vier Kilometer dorthin. Es war am 13. August. Da kam aufgeregt die Mutter der Freundin angelaufen:»Herta, du musst sofort nach Hause fahren! Es gibt Krieg!« Ich stieg sofort aufs Fahrrad, fuhr in großer Panik nach Hause. Die zwei Anhöhen, die ich auf dem Hinweg so gut hinabsausen konnte, mussten nun mit großer Anstrengung bewältigt werden. Dazu kam die Angst. Ich fuhr so schnell ich konnte; schweißnass und zitternd kam ich zu Hause an! Dort erfuhr ich, dass in Berlin zwischen Ostdeutschland und Westdeutschland eine Mauer gebaut wurde. Die Ostdeutschen waren nun ganz eingesperrt, niemand konnte einfach so in den Westen reisen. Vopos (Volkspolizisten) standen mit Gewehren und bewachten die Mauer, hatten den Befehl, auf Flüchtende zu schießen.

Es gab zwar noch keinen Krieg. Die Lage war aber äußerst ernst. Menschen starben bei Fluchtversuchen. Das alles erzeugte bei mir ein sehr mulmiges Gefühl. Reisen hin und her waren fast unmöglich geworden. Nur Rentner durften ab und zu die Verwandten im Westen besuchen. Präsident Kennedy besuchte Berlin und sprach den berühmten Satz: »Ich bin ein Berliner!«

Im Geschichtsunterricht erfuhren wir nichts von den beiden letzten Weltkriegen. Wir waren gerade mal bei der Bronze- und Eisenzeit angelangt. Über Politik wurde gar nicht gesprochen. Unser Erdkundelehrer gab gern *seine* Kriegserlebnisse zum Besten, und es waren immer einige in der Klasse, die ihn mit einer Frage zu dem Thema hinleiten konnten. Dann war die Stunde »gelaufen.« Ich hatte den Eindruck, dass er nicht unbedingt gegen die Nazis gewesen war.

Meine Freundin und ich entdeckten das Buch »Tagebuch der Anne Frank«. So erfuhren wir endlich mehr über die Verbrechen der Nazis. Fortan suchte ich auch nach Lektüre dieser Art und machte mich so selber »schlau«. Meine Mutter wollte über diese Dinge nicht reden. Und meine Großeltern mütterlicherseits schon gar nicht. Aber ich blieb sehr interessiert, mehr über diese schlimmen Zeiten zu erfahren und suchte gezielt nach Lektüre solcher Art. Dann wurde am 22. November 1963 Präsident Kennedy erschossen. Ein unvergessliches Ereignis in meinem Teenagerleben. Ich nahm innerlich immer Partei ein für Unterdrückte, die Schwarzen vor allem, aber auch für Minderheiten. Ich verstand mehr und mehr, was Freiheit bedeutet, bewunderte die Mutigen, die die Freiheit verteidigten.

Es kam die Flower-Power-Zeit. Das war meine Richtung! Leider wohnte ich in einem kleinen Ort in Deutschland und nicht in San Francisco. Oder in einer Großstadt. Ich hätte auch gern lange Schlabber-Kleider getragen, dazugehört. Ich liebte diese Art Musik. Jimi Hendrix, Janis Joplin, den Slogan »Make love, not war!« Und wenn es hier schon »Gras« gegeben hätte, wer weiß ...

Aber es kam anders. Ich verliebte mich und heiratete mit achtzehn Jahren, am 12. Mai 1967. Damit war eigentlich viel zu früh meine Jugend zu Ende, denn ich war plötzlich eine verheiratete Frau. Vom Krieg wusste ich immer noch nicht genug, aber ich war ja eine Leseratte und suchte weiterhin dementsprechende Lektüre und fand sie auch.

Was wissen kleine Mädchen denn heutzutage vom Krieg? Ich hoffe, dass Kinder und Jugendliche besser darüber informiert werden als wir damals in den fünfziger und sechziger Jahren. Warum die Menschen sich aber immer noch »bekriegen«, das bleibt wohl ein Rätsel. Es ist wohl so, dass Macht und Geld die Welt regiert.

Das zeigt sich nun – 2022 – wieder. In der Ukraine kämpft das Volk um sein Land und wehrt sich gegen Russland. Zurzeit ist keine

Änderung in Sicht. Städte werden in Schutt und Asche gebombt. Die Menschen fliehen. Viele davon suchen auch in Deutschland Schutz. Und viele Kinder erfahren dort hautnah, was ein Krieg bedeutet. Es scheint, dass nichts aus früheren Zeiten gelernt wurde. Warum nur? Vielleicht, weil wir eben Menschen sind? Es ist so traurig!

Erinnerungen

Dies ist eine Geschichte, die das Leben schrieb. Ich musste sie nur noch aufs Papier bringen.

Anfang Februar überlegt ein etwas über fünfzigjähriger Mann in Duisburg, was er seiner Mutter zum 80-jährigen Geburtstag schenken kann. Sie will nichts, hat alles. Es soll keine Geschenke geben. Wie es in dem Alter so ist. Aber er möchte seiner Mutter doch gerne eine Freude machen. Sie hat ihm viel von früheren Zeiten erzählt. Und da kommt ihm eine Idee: Ein Gutschein für eine Reise nach Angeln! Er möchte mit seiner Mutter zu dem Ort fahren, in dem sie als kleines Mädchen mit ihren Schwestern und Eltern einige Jahre verbracht hat. Nach Schnarup! Oft hat sie davon erzählt. Ihre Familie war im Krieg nach Schnarup gekommen, weil deren Zuhause von Bomben zerstört worden war. Mit der Mutter und den Schwestern wohnte sie einige Jahre in dem Abnahmehaus eines Bauern in Schnarup. Schon mehrere Flüchtlinge wohnten auf dem Hof, verteilt in jedem freien Raum. Insgesamt waren es wohl so an die zehn Flüchtlinge. Der Vater befand sich noch im Krieg und konnte erst 1947 nachkommen. Es wurde auf dem Hof jede fleißige Hand gebraucht. Die Mutter lernte das Melken und versorgte die Kühe. Der Vater konnte dann später den Hof sozusagen am Laufen halten, weil der Bauer längere Zeit wegen einer schweren Krankheit ausfiel. Es hatte da auch einen kleinen Jungen gegeben, Johannes, mit dem die Mädchen oft gespielt hatten. Ja, bestimmt wäre das eine große Überraschung für seine Mutter! Die Großeltern hatten lange den Kontakt nach Schnarup gehalten. Nach deren Tod endete es dann. Nun hat er keine Telefonnummer mehr, und die Mutter kann er nicht fragen wegen der Überraschung. Also wird im Telefonbuch gesucht. Oh, da gibt es viele Andresens! Aber da liest er: Johannes. Der kann es sein!

Bei uns klingelt das Telefon. Ein Mann meldet sich: »Hier ist C. R. aus Duisburg. Bin ich richtig in Schnarup?«» Ja ?«»Sind Sie die Frau Andresen?«»Ja!?«»Haben Sie einen Mann, der Johannes heißt, und ist der schon etwas älter?« Nun denke ich: Was will der denn? Was geht den sowas denn an? Da fragt er: »Können Sie sich an eine Familie B. erinnern und – an eine Anke? Das ist meine Mutter.« Bei mir fällt nun der Groschen. Klar kann ich! Mein Mann hat von der Familie viel erzählt, und vor vielen Jahren gingen auch noch Weihnachtsgrüße hin und her, bis wir die Nachricht vom Ableben der beiden alten B.s erhielten. Ich reiche meinem sehr erstaunten Mann das Telefon. Sie reden eine Weile; dann werden Anschrift und Telefonnummer notiert. Na, das war ja was!

Später suche ich Bilder heraus, kopiere einige, denn Anke soll ja sehen, wie der Hof nun aussieht und das Abnahmehaus, in dem sie mit ihrer Familie damals gewohnt hat. Vor allem muss sie ja sehen, wie der kleine Johannes von damals heute aussieht. Ein Brief wird noch geschrieben, und ab geht die Post Richtung Duisburg. Wir sind sehr gespannt, was da wohl für eine Antwort kommen wird.

Gut zwei Wochen später kommt ein Anruf. Es ist Anke. Ihr achtzigster Geburtstag ist vorbei. Die Überraschung und die Freude waren groß. Sie sagt, sie hätte vor Freude geweint. Und sie freut sich auf Schnarup und hofft sehr, dass die Corona-Lage im Sommer eine Reise nach Angeln erlauben wird. Ihre Schwester Renate möchte auch mitkommen. Zwei Menschen, die sich als Kinder kannten und zusammen gespielt haben, telefonieren nach so vielen Jahrzehnten miteinander. Über WhatsApp erhielten wir dann auch ein Foto von Anke. Mein Mann meinte, dass er sie so auf der Straße nicht wiedererkannt hätte. Genauso wird's ihr wohl auch mit seinem Foto gegangen sein! Wir freuen uns nun auf ein baldiges Treffen.

Den een sien Uhl...

Eigentlich wollte ich nie etwas schreiben über das von mir, und nicht nur von mir so gehasste Virus, genannt Corona! Es hat unser normales Leben verändert und macht viele Existenzen kaputt. Und das nun schon ein ganzes Jahr lang.

Ich war einkaufen, unter anderem auch bei unserm Lieblingsbäcker in Süderbrarup am Marktplatz. Zwei Personen dürfen wegen der Maßnahmen nur gleichzeitig im Laden vor der Theke stehen. Dahinter heißt es auch, genügend Abstand einzuhalten.

Die Dame vor mir kaufte Kuchen, und gerade wegen der leckeren Kuchenauswahl war ich auch dort. »Dann nehme ich noch zwei von den Covidchen« sagte sie. Ich dachte: »Das darf doch nicht wahr sein!« In der Auslage war ein Blech voller scheußlich grün-gelber »Virusbällchen«, so richtig gespickt mit irgendetwas, genau wie die Dinger, die man ständig im Fernsehen zeigt und die überall abgebildet sind. Eigentlich wollte ich einen Kommentar abgeben, aber ich war zu geschockt. Und auch zu sauer über diesen Anblick.

Ich kaufte Heißewecken und einige Stücke anderen Kuchen. »Nie im Leben«, dachte ich, »nie im Leben würde ich mir das Zeug auch noch auf den Teller legen!« Ich konnte nicht fassen, dass man sowas wirklich kauft. Zu Hause war es das erste, was ich meinem Mann erzählte. Er sagte: »Reg dich nicht auf! Nimm's mit Humor.« Zum Lachen war mir aber nicht.

Vierzehn Tage später war ich wieder bei diesem Bäcker. Die Dinger waren natürlich wieder im Angebot und dazu noch einige mit einer Art Spritze obenauf. Diesmal sprach ich die Verkäuferin an. »Werden Sie die alle los?«–»Und wie«, sagte sie, »heute Nachmittag ist das Blech leer.« Die Verkäuferin lachte, und ich nun auch. »Das darf doch nicht wahr sein!«, sagte ich. »Nie im Leben würde ich die kaufen. Ich gönne Ihnen ja das Geschäft, aber nie würde ich mir das

auch noch auf den Teller legen!« Hat ja auch keinen Sinn, sich darüber aufzuregen. Ich muss sie ja nicht kaufen.

»Den een sien Uhl is den annern sien Nachtigall«, so heißt es auf
Plattdeutsch. Mein Mann sagte es noch etwas krasser: »Den een sien
Dood is den annern sien Brot.« Das ist in diesem Fall etwas maka-
ber, aber doch ist es die Wahrheit. Das war wohl schon immer so.
Alles normal!

Zeitung und Post – früher und heute

Was wäre ein Frühstück – besonders am Wochenende – ohne die Zeitung? Es ist eine lieb gewordene Gewohnheit, beim Frühstücken die Zeitung zu lesen, sicher bei vielen Menschen, besonders bei den Älteren, die dazu genug Zeit haben. Seit einigen Jahren gibt es die Zeitung auch online. Ich bezweifle, dass es dann noch ein Vergnügen ist. Es könnte immer nur einer von uns lesen. Und was ist dann mit dem Kreuzworträtsel? Vielleicht sogar noch zwei solche Tablets am Frühstückstisch? Nein danke! Andere schwören darauf. Jeder kann es tun, wie er will und wie es für ihn am praktischsten ist.

Ganz schlimm, wenn die Zeitung mal nicht gekommen ist. »Die Zeitung ist nicht da!«–»Wieso das denn? Kann doch nicht sein!« Alle Viertelstunde wird dann nachgesehen, ob sie schon im Rohr liegt. Dann wird geredet, warum und weshalb: »Wohl einer im Urlaub.«–»Oder krank?«–»Das ist früher nicht passiert, als unsere Thumbyer noch die Zeitung brachten!«

Irgendwann ist sie dann doch da. Das Frühstück ist inzwischen beendet. Etwas freudloser. Es war eine schwierige Zeit, als unsere Zeitungsboten beide in Rente gingen. Die Zeitung kam anfangs unregelmäßig, manchmal gar nicht. Das gab sich dann nach einigen Anrufen in der Redaktion irgendwann.

Wir haben uns auch öfter überlegt, sie abzubestellen oder nur am Wochenende zu erhalten. Es hieß: »Da steht ja auch nichts mehr drin!«–»So ein Käseblatt!«–»Viel zu teuer!«–»Online wäre billiger! «–»Und dann: ohne Zeitung? Geht gar nicht! Man muss doch informiert sein.«

Ich lese besonders gern am Wochenende das Beiblatt. Es ist meist sehr interessant, und ich löse das Kreuzworträtsel. Meist fange ich mit der Zeitung von hinten an mit den Familienanzeigen. Das soll ja nicht nur bei mir so sein. Wer kennt das nicht: »Wie alt war der denn?«–»Oha, bin ja auch schon so alt.« Oder so ähnlich: »Wie heißt das Kind?«–»Was ist das denn für ein Name?« Als es noch einen Fortsetzungsroman in der Zeitung gab, war der – bei mir jedenfalls – natürlich zuerst dran. Den gibt's schon lange nicht mehr. Aber dafür steht in der Wochenendausgabe immer viel Lesenswertes.

Irgendwann in der Nacht oder am ganz frühen Morgen kommt ein Auto über den Kies an die Haustür herangefahren. Eine Autotür geht auf. Wir hören eilige Schritte kommen und sich entfernen. Die Autotür klappt zu. Aha, die Zeitung ist da! Ich möchte nicht mit den Zeitungsboten tauschen, mitten in der Nacht bei Wind und Wetter von Haus zu Haus fahren, vor allem nicht im Winter!

Ganz früher wurde die Zeitung mancherorts mit der Post ausgetragen. Dafür brauchte man keinen Briefkasten. Den hatten die meisten Häuser hier auf dem Land sowieso nicht. Die Türen waren meist nicht abgeschlossen, zumindest der Neben- oder Hintereingang nicht, den man sowieso nur benutzte. Die Haustür war nur für den Besuch. Die Post und die Zeitung legte der Postbote dann irgendwo im Flur ab oder auch in der Waschküche, manchmal auch auf dem Küchentisch. Falls Geburtstagskarten dabei waren, wurde gleich gratuliert! Und es gab einen Schnaps für den Postboten.

Die Zeitung konnte natürlich erst ab Mittag gelesen werden. Mein Großvater nahm sie mit in die »Mittagsstunde« und erst, wenn er sie ausgelesen hatte, kriegten wir sie. Bei einigen Leuten nahm der Postbote sogar den Lottoschein mit, und die Rente wurde auch noch bar ausgezahlt. Briefmarken konnten gekauft werden, und frankierte Briefe nahm der Postbote ganz selbstverständlich in Empfang. Es wurde auch mal ein Klönschnack gehalten. Der Postbote fuhr mit dem Fahrrad seine Tour. Irgendwann hatte er ein Dienstmoped und dann das gelbe Postauto. Den einen Dorfpostboten gibt's auch nicht mehr. An verschiedene Gesichter hat man sich längst gewöhnt.

Ja, es hat sich viel verändert, nicht nur mit Post und Zeitung. Und wir genießen es, beim Frühstücken in die Zeitung schauen zu können – ganz altmodisch.

Der Schnaruper Wald

Der Schnaruper Wald ist ja nur ein kleines Wäldchen. Aber auch ein kleiner Wald ist interessant und schön. Sehr oft führt unser Weg durch den Schnaruper Wald, und wir beobachten ihn von Jahr zu Jahr und von Monat zu Monat.

Besonders im Frühling halten wir uns dort jeweils länger auf als sonst. Zuerst warten wir auf die Buschwindröschen, schauen im alten Laub nach, ob schon die Blättchen der Wald-Anemonen zu finden sind. Wenn endlich ein Blütenteppich den Waldboden bedeckt hat, wird auch schon Ausschau gehalten nach dem Waldmeister, und wenn er denn da ist, pflücken wir ihn, um damit kleine Büschel im Haus zu verteilen, um den Teevorrat zu ergänzen und vor allem, damit wir am 1. Mai die beliebte Waldmeisterbowle genießen können.

Oft sind schon vor dem 1. Mai einige Bäume mit dem ersten Maigrün zu sehen. Der Bärlauch steht um diese Zeit schon in Blüte. Nur langsam breitet er sich dort von Jahr zu Jahr aus. Nur wenige Quadratmeter breit ist sein Platz. Wer mal einen richtigen Bärlauchwald sehen möchte, der sollte den Kahlebyer Wald aufsuchen. Dort riecht man ihn schon von weitem.

Aber auch unser kleiner Wald hat etwas ganz Besonderes aufzuweisen. Von Mitte bis Ende Mai kann man dort das Gefleckte Knabenkraut finden, eine Waldorchidee. Sie steht unter Naturschutz. Wir zählen sie jedes Jahr. Zu finden sind diese Blumen nur, wenn ihre violette Blüte von weitem zu sehen ist, denn sie stehen nicht dicht beieinander. In diesem Jahr haben wir fünf Exemplare gezählt. Im letzten Jahr waren es nur zwei schon fast verblühte, vielleicht weil es zu trocken war. Das beste Ergebnis mit sieben blühenden Orchideen ist schon einige Jahre her. Die Suche ist jedes Mal spannend.

In diesem Jahr hat der Wald schon ordentlich Feuchtigkeit bekommen, sodass der Graben – einen Bach kann man es nicht nennen –, der den Pfad durchquert, sogar gut mit Wasser gefüllt ist. Früher stand dort ein kleines hölzernes Schildchen. Jemand hatte es bei der wirklich kleinen Minibrücke aufgestellt und den Namen »Swienbrüch« darauf geschrieben. Irgendwann war das Schild leider verschwunden. Man hat in dem Wald – ich finde: zum Glück – die Sturmschäden nicht alle beseitigt. Es sieht doch schön aus, so wie es ist, und ganz natürlich.

So ein Wald hat zu jeder Jahreszeit viele Fotomotive zu bieten. Ich finde den Frühlingswald am schönsten mit dem frischen Laub; dann scheint die Sonne noch hindurch. Der Kuckuck ruft. Die Krähen bauen ihr Nest. Es zwitschert überall.

Im Sommer ist es im Wald schattig und kühl. Danach bewundert man das Herbstlaub, und wenn der Wald wieder kahl ist, kommen die Baumstrukturen wieder zur Geltung – auch wunderschön. Was wären wir ohne die Jahreszeiten?

Im Schnaruper Wald wohnte vor Jahren ein wohl noch vielen hier im Dorf bekannter Einsiedler, »der Waldmensch« genannt. Es war ein älterer Herr, der dort in seinem Haus sehr zurückgezogen lebte, aus welchen Gründen, ist nicht richtig bekannt. Strom gab es in dem Haus wohl nicht und auch keine Wasserleitung. Einmal im Jahr war er unterwegs fürs Amt zur Viehzählung, mit seinem alten Fahrrad. Am Lenker hingen zahlreiche Plastiktüten. Es gibt mehrere Geschichten über ihn. Er soll sich größtenteils von Resten der Supermärkte ernährt haben, obwohl er es nicht nötig hatte. Sogar auf Empfängen konnte man ihn manchmal erblicken, mit Schlips und Kragen. Wir kannten ihn als sehr höflichen, gebildeten Menschen. Inzwischen lebt er nicht mehr, und von dem Haus ist fast nichts mehr zu sehen. Die Natur hat sich den Platz zurückerobert.

Seit einigen Wochen steht am Waldrand wieder eine Bank. Es ist doch schön, wenn Spaziergänger, Walker, Jogger, Wanderer und

Radfahrer dort ausruhen oder einfach mal einen Moment in die Ferne schauen können. Wir treffen auf unseren Wegen selten jemanden.

Der Schnaruper Wald kann schlecht mit dem Auto angefahren werden. Es führt ja nur ein Wanderweg dorthin und von der anderen Seite ein sehr holpriger Feldweg, den man »halbspur« fahren muss. Aber vielleicht hat ja nun der eine oder andere Lust bekommen, den Schnaruper Wald zu besuchen. Nur: Das Knabenkraut ist inzwischen verblüht, und es wird hier nicht verraten, wo es – erst im nächsten Frühjahr – zu finden ist!

Stromausfall

Während im Süden und Westen Deutschlands vielerorts durch Unwetter und Starkregen Landunter zu beklagen ist, viele Menschen ihr Hab und Gut und leider auch ihr Leben verloren haben, hört man hier in Angeln: »Ach gut, dass es hier bei uns nicht passieren kann! Wir wohnen hier doch gut!«

Bei den ganzen Berichten im Fernsehen vermissten wir, wie es der Bevölkerung auf dem Land dort wohl gehen mag und den Tieren, die ja auch aus den Ställen gerettet werden mussten. Es wird überlegt, ob eine Elementarversicherung abzuschließen sei, um auf der sicheren Seite zu sein. Es wird diskutiert, ob Ost- oder Nordsee bei uns ankommen und wie lange es wohl dauert, bis es wirklich soweit ist. Momentan erleben wir hier in Angeln einen sehr schönen Sommer. Niemand muss um seine Ernte bangen. Auch die Corona-Lage ist zurzeit entspannt und vieles wieder möglich.

Wir waren beim Einkaufen. Da flackerte plötzlich das Licht. Ich dachte: »Wenn jetzt der Strom ausfallen würde...«, aber das passierte nicht. Dann standen wir mit unseren Einkäufen in der Warteschlange vor der Kasse. Es flackerte wieder, etwas stärker. Dann wurde es duster im Laden. Die immer im Hintergrund dudelnde Musik verstummte. Ich dachte: »Doch ein Stromausfall! Na, das kann ja nicht lange dauern. Bestimmt ist irgendwo eine Sicherung raus.« Also warteten wir ruhig ab, mit uns auch Bekannte. Wir redeten über dies und das und dachten, dass es gleich wieder hell im Laden würde. »Wenigstens ist hier kein Wasser«, und wir sprachen über das Unglück, das so viele woanders ereilt hatte. Ach, es ging uns ja nicht schlecht! Die meisten suchten sich aus den Regalen noch das Gewünschte zusammen. Stockduster war es ja nicht, und von außen schien etwas Licht herein. Es dauerte und dauerte. Es tat sich nichts, auch keine Info über die Lautsprecher. »Man könnte uns ja sagen, was los ist. Ach nee, das funktioniert dann ja auch nicht.« Das Personal begann hektisch hin- und herzulaufen. Wir hörten: »Wir wissen auch nichts!«

Nach ungefähr dreißig Minuten wurde bekannt, dass es sich um eine größere Sache handeln müsse, weil jemand übers Handy die Nachricht bekommen hatte, dass in Kappeln auch alles »tot« sei. Wir beschlossen, nach draußen an die frische Luft zu gehen, denn es war ein heißer Tag. Die Klimaanlage funktionierte auch nicht mehr, und ganz verstohlen hatte sich der eine oder andere die Maske schon unter die Nase geschoben – wir auch. »Ist ja nicht mehr auszuhalten!«

Da standen wir nun vorm Laden. Sollten wir nun warten oder nicht? Einige kamen angefahren und wollten einkaufen und wurden belehrt, dass es momentan nicht möglich sei. Fassungslosigkeit in den Gesichtern. »Wieso denn nicht? Ach so. Ach, deshalb ging die Ampel nicht!«

Ich hatte genug vom Warten. Es war heiß, und ich hatte Durst, und außerdem war ja gleich Mittag. »Was ist mit unserm vollen Einkaufswagen?«–»Der steht doch gut da drinnen. Später können wir ja vielleicht wieder herfahren.« Der Parkplatz leerte sich nach und nach. Nicht mal beim Bäcker konnte man einkaufen, ist ja alles elektronisch bei den Kassen.

Wir fuhren los. Ich stellte fest, dass mein Smartphone auch kein Netz hatte. Im Autoradio kam dann die Nachricht, ein Bagger in Rabelsund hätte die Hauptstromkabel über der Schlei gekappt. Der arme Kranfahrer! »Ob wir zu Hause in Schnarup auch keinen Strom haben?«–»Doch, ist bestimmt ein anderer Stromkreis!« Die Erdbeeren hatten wir schon vorher beim Stand mitgenommen. Aber die hätten wir nun noch kaufen können. Zu Hause angekommen mussten wir feststellen, dass es ein kaltes Mittagessen geben würde. Buttermilch und Zwieback mit ein paar reingeschnippelten Erdbeeren. Bei der Hitze sowieso das Beste und eine Erfrischung. Wir saßen auf der Terrasse und genossen das leckere Mahl. Und zur Kaffeezeit konnten wir wieder die Kaffeemaschine starten.

Gegen Abend fuhren wir nach Süderbrarup und stellten voller Freude fest, dass unser Einkaufswagen noch genau dort stand, wo wir ihn hatten stehen lassen. So schnell hatten wir lange nicht eingekauft. Alles war, als wäre nie etwas gewesen. Das ist in den Unglücksgebieten im Süden Deutschlands sehr viel anders.

Aufräumen

Viele hatten in den letzten Monaten mehr Zeit als sonst, Zeit zum Aufräumen zum Beispiel. Altkleidercontainer quollen vielerorts über. So mancher sah seine Kleiderschränke durch und entdeckte, dass es zu viel des Guten war. Und was ein paar Jahre lang nicht getragen worden war, das konnte genauso gut aussortiert werden. Einfach nicht mehr modern, zu groß oder meist eher zu klein geworden.

So mancher fing an, auch auf dem Dachboden mal nachzusehen und herumzuräumen. Dabei wurden manchmal auch vermisste Gegenstände wiedergefunden oder dort irgendwann Abgestelltes entdeckt, weil: Zu schade zum Wegwerfen!

Die Geschmäcker ändern sich mit der Zeit und auch mit dem Alter. Was früher »in« war, belächelt man heutzutage. An einigen Dingen hängt man aus Nostalgiegründen. Plötzlich hat man es in der Hand, Gedanken an frühere Zeiten kommen auf: Ach nein, davon trennen geht noch nicht. Ab damit, wieder zurück in den Koffer!

Auf unserem Boden stehen einige alte Aussteuertruhen, auch Koffer genannt. »Was ist Aussteuer?«, fragt nun vielleicht mancher junge Mensch. Diese schweren Truhen aus Holz wurden mit Wäsche gefüllt, meist selbst hergestellt in jahrelanger Arbeit. Bettwäsche, Handtücher, Tischdecken, Handarbeiten, Schürzen und natürlich Federbetten. Initialen wurden eingestickt oder mit meist blauer Farbe aufgedruckt. So eine gut gefüllte Truhe wurde dann der Tochter bei ihrer Hochzeit mitgegeben.

In unseren Truhen befanden sich noch uralte Federbetten und die sogenannten schweren Unterbetten – die wurden unters Bettlaken gelegt, die auch viel Platz einnahmen. In früheren Zeiten waren diese unentbehrlich, weil die Schlafzimmer kalt waren. Eine Heizung im Haus gab es nicht, und im Winter wuchsen Eisblumen an den Fensterscheiben. In den Schlafzimmern standen keine Öfen. In einer Truhe lagen noch Wolldecken, die heute niemand mehr benutzen möchte, weil sie kratzig und schwer und auch nicht mehr heil waren. Die Sachen rochen muffig.

Nachdem wir diese Dinge mit etwas Kraftaufwand in blaue Plastiksäcke gestopft hatten, mussten wir niesen. Ich fand meinen alten Ranzen. Dessen Inhalt sah ich durch und befand, dass er wieder in den Koffer sollte. Insgesamt sahen wir drei Koffertruhen durch und hatten danach wieder Platz darin übrig.

»Ach ja, eigentlich können wir nun unseren Flurschrank mal aufräumen«, meinte ich. Gesagt, getan. Die Folge davon war, dass die Koffertruhen fast wieder voll waren. Aber es hatte doch wenigstens etwas Luft gegeben.

Nun ging es noch an alte Blumenübertöpfe. Schon lange wollte ich diese sortieren. Ich dachte auch an den bald in Schnarup-Thumby stattfindenden Flohmarkt. In früheren Jahren habe ich auf Flohmärkten einiges erstanden, unter anderem auch Vasen und Blumentöpfe. Aber es ist eine andere Zeit. Vieles braucht man heute nicht mehr, jedenfalls nicht mehr für den früher zugedachten Zweck.

Alte Bratpfannen sind sehr gute Vogeltränken, eine nützliche Zweckentfremdung! Schon wegen des Stiels, es säubert sich so besser. Man muss sie ja nicht unbedingt auf den Rasen stellen. Obwohl, ich habe ganz hinten in einer Ecke des Gartens auf dem Rasen zwei ausgediente Pfannen zu Vogeltränken umgeändert. Mit einem Stein darin, damit nicht eine Katze, die auch gerne daraus schlabbern möchte, das Ganze vielleicht umkippt.

Keramiktöpfe und alte Körbe sind nun auf unserer Terrasse mit Blumen gefüllt. Wer kennt noch die Puddingform, in der man den »Großen Hans« oder den Biestmilchpudding gekocht hat? Ich benutze sie schon lange nicht mehr, würde sie aber nicht wegwerfen.

Nur – was ich sonst damit tun könnte, das ist mir bis jetzt nicht ein-
gefallen. Bald ist wieder Flohmarkt. Eine kleine Entdeckungsreise
durch unser Dorf macht doch Spaß! Sicher werde ich da einige nützliche Dinge finden.

Bücher

Wie bequem ist es heute doch, sich Lesestoff zu besorgen! Während des Lockdowns entdeckte ich im Internet den Markt für gebrauchte Bücher, lernte besser mit dem Smartphone umzugehen und konnte mit dem Smartphone aus meinem E-Book lesen. Keine Klatschblätter-Lektüre mehr in den Wartezimmern! Keine Bücher mehr im Koffer! Einfach eine Leseprobe herunterladen und, wenn's nicht das Richtige ist, löschen. Natürlich finde ich ein »richtiges« Buch im Bücherschrank oder in der Hand immer noch am besten. Lieblingsbücher gehören einfach ins Regal!

Meine Großeltern haben mir viel vorgelesen, meist aus Grimms Märchen, und den Struwwelpeter kannte ich in- und auswendig. Den kennen heute die Kinder nicht mehr. Das Lesenlernen in der Schule war für mich nicht ganz einfach. Uns Schulanfängern wurde es mit der Ganzwort-Methode beigebracht. Die ersten Worte, die ich auf meine Schiefertafel zu schreiben hatte, waren »Hans« und »Lotte«. Nachdem wir schon eine ganz beachtliche Menge an Worten schreiben und »lesen« konnten – das heißt: eher auswendig, sollten die einzelnen Buchstaben und Silben zusammengesetzt werden. Damit hatte ich meine Schwierigkeiten. Unser Lehrer gab mir aus der Schulbibliothek ein Bilderbuch mit nach Hause: »Banni Grau und seine Abenteuer«, eine Geschichte über ein Kaninchen. Ich bemühte mich es zu lesen, weil es für mich spannend war und plötzlich war bei mir sozusagen der Knoten geplatzt. Ich konnte fließend lesen!

Aus der Leihbibliothek der Dorfschule nahm ich mir fast jede Woche neuen Lesestoff mit. Ich wurde eine Leseratte! Zu Hause hatten wir sehr wenige Bücher. Meine Mutter kaufte sich ab und zu eins der sogenannten Schundromane, und der Lesezirkel brachte jede Woche einen neuen Stapel »Mappen«. Diese waren aber schon

Leseratte Herta, 12 Jahre alt

längst nicht mehr aktuell, mindestens Monate alt. Mutters Lore-Romane durfte ich anfangs nicht lesen. Ich nahm sie aber heimlich und irgendwann störte es meine Mutter nicht mehr.

Ich wünschte mir zum Geburtstag und zu Weihnachten immer ein Buch. Das waren dann zwei Bücher, die ich bekam, denn bei den Großeltern in Schwansen gab es auch eins. Ich saß dann unter Opas Schreibtisch und las. Ich liebte die »Schneider-Bücher«, die sehr beliebt waren. Natürlich las ich auch die Bücher von Johanna Spyri, unter anderem »Heidi.«

Mein Großvater hatte einen Bücherschrank voller Bücher, und ich durfte darin herumstöbern. Einzige Bedingung: »Stell sie wieder ordentlich hin, dass es nicht schief aussieht und die Reihe schön glatt ist!« Ich bemühte mich. Das wurde natürlich nicht immer so ordentlich wie gewünscht. Manchmal kriegte ich auch zu hören: »Das ist noch nichts für dich, vielleicht später, nimm mal lieber das hier!«

Besonders die Oma hatte »ein Auge drauf«, was der Opa mir mitgab. Er besaß alle Bände von Karl May. Ich hab sie alle gelesen. Die Bücher bezog er über den Lesering vom Bertelsmann-Verlag. Meine Tante, die auch dort wohnte, schimpfte mit mir: »Geh lieber raus an die frische Luft! Das viele Lesen ist nicht gut für die Augen!« Ich sollte mit meinem Cousin spielen. Dazu hatte ich wenig Lust. Ich war eigentlich in den Ferien nur so gern dort wegen der Bücher. Ja, so einfach hatten es Leseratten früher nicht unbedingt. Bücher waren im Verhältnis zu heute teuer und nicht in jedem Haushalt gab es welche.

Heute ist es immer noch meine Lieblingsbeschäftigung: Lesen, Lesen, Lesen! Man tauscht den Lesestoff unter Freunden aus, gibt Buchtipps weiter. Eintauchen in Fantasiewelten, sich »schlau machen« über manche politische Begebenheiten, oder: Einfach nur schmökern!

Mit den Jahren ändert sich auch der Lesegeschmack. So wanderten vor einiger Zeit viele Bücher in die alte Schule nach Thumby. Eine Freundin und ich hatten uns einen Nachmittag lang damit beschäftigt, diesen wirklich großen Bücher-Vorrat dort durchzusehen und zu sortieren. Es hat richtig Spaß gemacht! Krimis, Sachbücher, Romane aller Art, Kinderbücher und vieles mehr. Dabei fand ich selbst noch einiges Lesenswertes für mich und konnte viele ausgelesene Bücher für andere Leseratten zur Verfügung stellen.

Ein Lexikon im Bücherschrank hat heutzutage meist ausgedient. Bei uns steht noch eine ganze Reihe von A bis Z auf dem Regal. Nun kann man einen Suchbegriff bei Google eingeben und bekommt sofort eine Antwort. Ein Beispiel: Wir sahen bei einem Spaziergang in der Dämmerung etwas über den Weg huschen, meinten, es könnte ein Marderhund gewesen sein. Zu Hause angekommen und diesen Suchbegriff ins Smartphone eingegeben wurden mehrere Bilder dieses Tiers gezeigt. Wir meinten: »Ja, so sah das Tier aus. Das muss einer gewesen sein! Aber gibt es die hier bei uns überhaupt?« Ein Jäger in unserer Nachbarschaft konnte es uns bestätigen!

Ich bringe es nicht fertig meine Lexika-Reihe auszusortieren. Wer weiß, vielleicht ist es doch noch irgendwann zu gebrauchen? Heute habe ich im Internet nach dem Bilderbuch »Banni Grau« gesucht und auch bei einem Antiquariat entdeckt, aber es würde über 50 Euro kosten. Das war mir die Sache nun doch nicht wert. Ich erinnerte mich sofort an das Bild auf dem Einband und daran, wie dieses Bilderbuch mich als Schulkind zum Lesen animiert hat. Ich kann mir ein Leben ohne Bücher nicht vorstellen! Ob E-Book, Hörbuch oder ein Buch zum Anfassen. Ohne geht gar nicht!

121

Eine Ofengeschichte

Die kalte Jahreszeit hat begonnen. Ich freue mich wieder mal, dass wir noch zwei »richtige« Öfen besitzen. Ein Kachelofen steht im Wohnzimmer. Man kann eine Tür öffnen, um etwas zum Warmhalten hineinzustellen oder ein Körnerkissen darin wärmen für die kalten Füße, und mit etwas Geduld ist es auch möglich, darin Bratäpfel zuzubereiten.

Der andere Ofen dient in der Küche zum Kochen, was wir sehr oft in Anspruch nehmen. Auch ist es dann in der Küche so gemütlich. Natürlich macht so eine Feuerstelle etwas Arbeit, denn es ist klar, dass Holz hereingeholt werden muss, Aschenschubladen geleert werden müssen und der Staubsauger öfter gebraucht wird. Der Vorteil zu früheren Zeiten: Man muss die Öfen nicht benutzen, man kann. Eine Heizung ist ja heutzutage vorhanden und auch ein Elektroherd. Aber sollte der Strom ausfallen, wäre ein Feuerherd sehr nützlich. Ich möchte unsere Öfen keinesfalls missen.

Ab und zu kommt natürlich der Schornsteinfeger. Meistens passt es dann gerade nicht, wie das denn so ist. Aber es macht nicht so viel Dreck wie in früheren Zeiten. Bei uns muss leider, damit der Schornsteinfeger an die kleine Klappe im Schornstein herankommt, ein Schreibtisch und eine Kommode von der Wand abgerückt werden und wenn der Schornstein gefegt worden ist, natürlich dahinter gewischt und alles abgesaugt werden. Das ist nichts im Vergleich zu der Arbeit, die man früher in den Küchen damit hatte. Ich erinnere mich noch sehr gut daran, wie es war, wenn der Schornsteinfeger mit seinem Fahrrad bei uns auf dem Hofplatz ankam. Ich höre noch, wie meine Großmutter rief: »Oh nä, door kümmt de swatte Mann! Dat passt mi hüüt ober gaarnich!« In der Küche neben dem Herd befand sich eine sehr große Klappe. Die wurde geöffnet, und dann tat der »swatte Mann« seine Arbeit. Alles wurde dabei von einer Rußschicht überlagert. Es war noch so ein begehbarer Schornstein. Es wurde zwar manches noch mit Zeitungspapier abgedeckt, aber trotzdem musste anschließend gründlich geputzt werden. Mutter und Großmutter hatten danach genug zu tun.

Damals wurde Kindern noch manchmal mit dem »schwarzen Mann« gedroht, wenn man nicht gehorchte. Ich habe mich, wenn der Schornsteinfeger kam, als ich noch nicht zur Schule ging, unter dem Sofa im Wohnzimmer verkrochen. Irgendwann später entdeckte ich, dass »unser« Schornsteinfeger ein netter Mensch war. Er machte Scherze, und es wurde ja auch erzählt, dass Schornsteinfeger Glück bringen!

Als ich im Pflegedienst tätig war, habe ich noch oft morgens Öfen in Gang gebracht. Da gibt es ein Erlebnis, das ich nie vergessen werde: Es war ein sehr nebliger, noch fast dunkler Morgen, und ich hatte einen Einsatz in einem alten Strohdachhaus an der Schlei. Der Weg dorthin war kurvig und eng. Der Nebel machte das Fahren nicht besser. Ich war auch erst einmal dort gewesen. Nachdem ich wieder hingefunden hatte und durch die Waschküche in der Küche angelangt war, guckte ich auf die Uhr und sah, dass ich schon eine Viertelstunde zu spät war. Die Pflegekundin hatte mitten in der Küche ihr Bett stehen. Sie konnte nur noch ein paar Schritte gehen und so alles erreichen, auch den Herd, und alles andere war gut für sie griffbereit.

Nun lag sie aber noch im Bett und wartete auf die Morgentoilette. Außerdem bereitete der Pflegedienst ihr anschließend immer das Frühstück. »Ich dach, door kümmt hüüt keener!«, war die Begrüßung. Ich entschuldigte mich und erzählte, wie neblig es sei. Dafür hatte sie Verständnis. »Denn bööt man erst Füür, dormit dat warm ward! Denn kannst ok glieks Eierwader opsetten!« Gesagt, getan. Buschholz war in einem Eimer, der Holzkasten voller Holz, und ein Stapel Zeitungspapier zum Anzünden lag auf einem Stuhl. Aber oh weh! Es wollte gar nicht anbrennen! Dicker Qualm quoll heraus aus allen Ritzen des Herds. Im Nu war die Küche voll davon. Was tun? Ich riss die Tür zur Waschküche auf. Was sollte ich nun tun? Ich reichte der Frau ein Handtuch, das sie sich vors Gesicht halten sollte. Wir husteten beide. »Maak de Döör too!«, rief sie, »und denn maak de Schosteenklapp open! Und denn schmitts du door een Zeitung rinn!« Das tat ich. Ich knüllte ein Stück Zeitung zusammen und warf es in die offene Klappe. »Nich tohoopenknüllen! Dat ganze Blatt an een Eck anfengen und rinn dormit!« Tatsächlich! Die Zeitung entschwand nach oben in den Schornstein und der Qualm ließ nach. Dem Himmel sei Dank! Danach wurde erstmal gelüftet. Ich war so froh über die klare Anweisung der alten Dame und hatte etwas dazugelernt. Diesen Nebelmorgen, dazu noch einen so verqualmten, werde ich nie vergessen.

Apfelzeit

Schon wieder ist ein Jahr vergangen; schon wieder ist Apfelzeit. Unsere Apfelbäume haben alle im Frühjahr wie verrückt geblüht. Natürlich gibt es nie so viele Äpfel, wie Blüten zu sehen sind. Das ist auch gut so und wäre für die Bäume gar nicht zu »ertragen«. Im letzten Jahr trugen unsere Apfelbäume sehr gut, in diesem Jahr viel weniger, aber immer noch genug. Inzwischen sind sie gepflückt und eingelagert, gesammelt. Ein großer Teil ist wie jedes Jahr zur Mosterei gebracht worden. Etliche Gläser mit Apfelmus stehen im Keller, und momentan verarbeite ich sehr dünn geschnittene Apfelscheiben mit dem Dörrgerät zu leckerem Trockenobst. Bei solchen Tätigkeiten gehen meine Gedanken zwangsläufig zurück in die Vergangenheit.

Als ich noch klein war, in den fünfziger Jahren, da war die Vielfalt des Obstangebots in den Läden nicht sehr groß. Apfelsinen gab es bei uns zu Hause nur zu Weihnachten, Bananen selten. Darum wurden Äpfel bei uns zu Hause sehr sorgfältig eingelagert, auf dem Heuboden, mit Heu bedeckt. Die Cox-Orange-Äpfel erinnere ich als ziemlich schrumpelige kleine Äpfel, aber sie waren sehr süß, und das Schrumpelige spielte überhaupt keine Rolle. Sie waren lecker.

Zum Heuboden hinauf musste man per Leiter. Meist holte mein Vater oder Großvater nach dem Melken abends ein paar Äpfel herunter. Die wurden dann nach dem Abendessen mit Genuss verzehrt. Es kam vor, dass Mäuse sich auch bedient hatten, aber es hielt sich in Grenzen, denn mehrere Katzen wohnten auf dem Boden.

Wenn die ersten frühen Sorten reif waren – ihre Namen weiß ich nicht; es waren sehr alte Bäume – dann sammelte ich mir ein paar sehr schöne auf, nahm ein Buch und kletterte auf unser Schuppendach, um dort in aller Ruhe und mit Genuss zu lesen. Auch zur

Schule wurden immer Äpfel für die Pause mitgenommen. Wir Kinder kannten alle Apfelbäume in der Nachbarschaft und wussten, welche am besten schmecken. Natürlich wurden auch mancherorts mal verbotenerweise Äpfel abgepflückt.

Bratäpfel waren im Winter ein absolutes Highlight. Dafür hatten wir den Boskoop. Der war auch am haltbarsten. Meine Großmutter trocknete Äpfel in unserem Herd in der Küche. Damit übertrieb sie es etwas, denn meine Mutter sagte oft: »Nu is aber nuch!« Wenn die Äpfel fertig getrocknet waren, wurden sie in Zwiebacktüten – Brandt-Zwieback; ein rotbackiges Kind war darauf abgebildet – auf dem Flurschrank der Großeltern aufbewahrt. Sie gehörten in die Saftsuppe, die es damals nicht nur zu Silvester gab oder in die Backobstsoße für den Nudelpudding. Außerdem waren getrocknete Apfelscheiben ein gesundes Naschwerk. So viele Naschereien wie heute gab es noch nicht. Als meine Großmutter gestorben war, fanden wir noch in einem Schrank vergessene Tüten mit verschimmelten Apfelscheiben.

Als dann durch unseren Garten die Wasserleitung verlegt wurde, mussten leider zwei große alte Apfelbäume weichen. Viele alte Obstsorten gibt es nun nicht mehr. Das ist schade. Auch auf den Knicks sind sie meist nicht mehr zu finden. Dafür sind die Supermärkte voll mit Äpfeln aus aller Welt. Die schmecken aber lange nicht so gut wie unsere eigenen aus unserem Garten.

Apfelkuchen ist immer lecker. Meine Mutter pflegte einen speziellen Apfelkuchen besonders oft zu backen. Sie antwortete dann immer auf die Frage: »Was, schon wieder den?«–»Ja, der ist so schön einfach. Man kann sehr viele Äpfel verarbeiten, und es gehört kein Fett dran. Und Eier haben wir selbst von unsern Hühnern!« Na ja, welchen Apfelkuchen backe ich wohl nun am meisten? Na klar, den von meiner Mutter! Hier ist für Interessierte das Rezept:

Apfelkuchen nach Mutters Art

5 Eier,
100 g Zucker,
1 Vanillezucker,
250 g Mehl,
ein halbes Päckchen Backpulver,
ein tiefer Teller gehäuft voll kleingeschnittener Apfelstückchen.

Zuerst Eier und Zucker zu einer cremigen Masse schlagen, Mehl und Backpulver unterrühren, die Apfelstücke darunterheben. In eine gefettete größere Springform hineingeben. Backen bei 175°-180°. Bei Umluft 70 Minuten backen. Noch heiß mit Zucker und Zimt bestreuen. Schmeckt mit oder
ohne Schlagsahne! Guten Appetit!

Eine Hundertstelsekunde

Ich will mit meinen morgendlichen Yoga-Übungen beginnen, habe die Kerzen angezündet und wie immer ein wenig Rauch vom ausgeblasenen Räucherstäbchen durchs Zimmer gewedelt. Ich drehe mich zum Fenster. Draußen ist es noch finster. Am Horizont ist noch kein heller Streifen zu erkennen. Es ist sechs Uhr morgens. Es ist November.

Da! Ein Aufblitzen, ein Herabgleiten und Verlöschen. Das war eine Sternschnuppe! Nur eine Sekunde – nein, es war höchstens eine Hundertstelsekunde. Ein magischer Moment. Schnell, der Wunsch! Ich muss mir doch schnell etwas wünschen! Das innerliche Formulieren meines Wunsches nimmt viel mehr Zeit in Anspruch als das Aufblitzen der Sternschnuppe. Aber der Wunsch ist gedanklich ins Universum abgeschickt.

Ich hab doch noch nie eine Sternschnuppe gesehen! Wirklich nicht? Nein, wirklich nicht. Ich kann mich nicht erinnern, jemals eine gesehen zu haben – und das in meinem Alter! Manches Mal wurde so etwas angekündigt, so wie die Nordlichter angekündigt wurden mit einer Notiz in der Zeitung oder bei der Wettervorhersage: Heute Nacht besteht die Möglichkeit, Nordlichter zu sehen. Oder: Es kann heute Nacht mit einem Sternschnuppenregen gerechnet werden. Ich sah beides noch nie. So manchen herrlichen Sternenhimmel habe ich bewundert, versucht die Sternbilder zu erkennen, den Großen Wagen mit meinen Augen am Himmel gesucht. Oder habe ich es nur – bewusst – nie bemerkt? Wie kann das sein? Es war eine Hundertstelsekunde, höchstens!

Beim Kreuzworträtselraten wird manchmal ein Moment mit zwei Buchstaben gesucht. Das ist der Begriff: Nu. Nun weiß ich, was ein »Nu« ist. Ich erledige heute meine Yoga-Übungen mit Sternschnuppen-Gedanken. Er geht mir nicht aus dem Sinn, dieser eine kleine, klitzekleine Husch am östlichen Himmel. Ob es noch jemand anderes gesehen hat? Nein, ich glaube nicht. Das war für mich bestimmt! Für mich ganz allein. Ich sollte in eben diesem Moment meinen Kopf zum Fenster drehen, und es wurde mir geschenkt, diese Sternschnuppe zu sehen. Wäre ich nur einen Moment später aufgestanden, hätte es nicht geschehen können. Ich hätte es nicht gesehen.

Merkwürdigerweise denke ich an die Heiligen Drei Könige, die einem Licht am Himmel gefolgt sind. Aber das war wohl ein Stern gewesen. Er hatte da ganz still am Himmel gestanden, war nicht erloschen. Ein besonders großer, leuchtender Stern war es. Sie konnten in die Richtung gehen, die der Stern ihnen zeigte. Meine Sternschnuppe – das war etwas ganz anderes! Nur ein »Lichthusch« am Himmel. Für mich bedeutet diese Hundertstelsekunde aber trotzdem sehr viel. Es war ein Licht in der Dunkelheit. Es hat mein Herz erfreut, mein Innerstes berührt. Bald ist Advent. Ich nehme diesen magischen Moment mit in die Adventszeit. Ich nehme das Licht der Sternschnuppe mit auf meinen Weg in Richtung Weihnachten.

To goot

Se hem em to goot fuddert,
den olen witten Hahn.
Nich to glöven,
wat se em all hensmeten harrn!
Und so passeerte dat
as he de lütt Deern
mit de Schöttel wies wor,
dor wull he öwern Diek fleegen,
üm dat Beste för sick rut to picken.
Aber he käm nich wieht,
he full meernmang rin int Entenflott!
As he dor ganz maddelig wedder rutkäm
dor lüchen sein Feddern grön
und sien Höhnervolk wer vör em dor.
und de lütt Deern,
de lache em ut.
He kunn nich mehr fleegen.
Keen Wunner,
bi dat, wat se em all hensmeten hebbt.
Em güng dat to goot.
Uns all geiht dat to goot!

Das Weihnachtsgefühl

Dies ist meine Weihnachtsgeschichte, meine ganz persönliche. Ich werde immer wieder zum Kind, schon in der Adventszeit, und je näher das Weihnachtsfest kommt, immer mehr, als ich klein war, denke ich, früher und zu Hause. Es ist das Weihnachtsgefühl! So ist es bestimmt nicht nur bei mir. Wahrscheinlich geht es den meisten Menschen so oder so ähnlich. Viele sagen, Weihnachten sei ihnen egal. Oder: Es könne Weihnachten – wenn es nach ihnen ginge – ruhig ausfallen. Das kommt wohl daher, weil die meisten Menschen Weihnachten mit bestimmten Erwartungen verbinden. Das ist so, wenn man noch Kind ist. Und das bleibt so, wenn man erwachsen ist. Man kann es nicht ablegen. Es ist einfach so.

Es kommen unweigerlich um und an Weihnachten Gefühle hoch. Wir denken daran, wie es früher war. Alle Weihnachten, schöne und weniger schöne, laufen wie ein Film vor dem inneren Auge ab. Man will nicht sentimental werden – und wird es. Manche Leute schenken sich zu Weihnachten gar nichts. Manche übertreiben es mit dem Schenken. Jeder soll so tun, wie er möchte. Als Schulkind habe ich meinen Großeltern Weihnachtsgeschichten geschrieben über den Weihnachtsmann und die Engel und den Himmel, die Werkstatt im Himmel. Ich dachte mir Weihnachtsmärchen aus und malte auch dazu.

Meine Oma sagte uns Kindern ein Gedicht auf:

>»Kiek mol, wat is de Himmel so rot!
>dat sünd de lütt Engel,
>de backt dat Brot
>und de backt de Stuten
>för all de lütten Leckersnuuten!«

Das Gedicht hat mich wahrscheinlich dazu angeregt, Geschichten zu schreiben. Fantasie hatte ich, und Oma und Opa freuten sich.

Früher gab es noch nicht überall so viel Weihnachtsbeleuchtung. Aber der Bäcker im Dorf hatte im Schaufenster ein Pfefferkuchenhäuschen aufgebaut, mit der Hexe davor und Hänsel und Gretel. Das Häuschen war beleuchtet, die Fenster farbig bespannt. Sie leuchteten schön rot. Wir Kinder standen davor und staunten. In den Häusern hatte jeder seinen Adventskranz oder ein Gesteck, natürlich selbst gemacht. Als Kinder saßen mein jüngerer Bruder und ich am Nachmittag vor dem Heiligabend bei der Oma in ihrer Stube. In unsere Stube durften wir nicht. Dort hatte der Weihnachtsmann zu tun.

Oma spielte mit uns »Mensch-ärgere-dich-nicht«, »Mühle« oder »Dame«, und sie sang auch mit uns. Ihre Lieblingsweihnachtslieder waren »Kling Glöckchen klingelingeling« oder auch »Alle Jahre wieder« und natürlich »Oh Tannenbaum.« Die Eltern und Opa waren im Kuhstall zum Füttern und Melken. Die Zeit bis zum Abendbrot wurde uns Kindern sehr lang! Unser Weihnachtsessen bestand aus »gestoften Kartoffeln« mit Würstchen dazu. Pellkartoffeln wurden mit klein geschnittenen Zwiebeln in Milch gekocht und so lange gerührt, bis es sämig wurde, dann mit Pfeffer und Salz abgeschmeckt. Es war köstlich.

Nach dem Essen durften wir dann endlich in die Weihnachtsstube. Nein – zuerst wurde ja noch abgewaschen, und ich musste abtrocknen. Da stand dann der Tannenbaum mit leuchtenden echten Kerzen und dem schönen alten Weihnachtsschmuck, und es wurde gesungen. Natürlich mussten wir Kinder auch ein Gedicht aufsagen.

Mein Bruder glaubte an den Weihnachtsmann, und ich tat so, als würde ich daran glauben – seinetwegen. Ich hatte ja schon lange etwas unter den Betten entdeckt und vermutet, dass die Geschenke nicht vom Weihnachtsmann kommen, sondern von den Großen.

Natürlich hatte ich mir damit auch die Weihnachtsfreude verdorben. Viele Geschenke gab es damals noch nicht. Jeder bekam eine Sache zum Spielen und etwas zum Anziehen. Auch gab es mal einen Kleiderstoff, aus dem meine Oma dann das gewünschte Kleidungsstück nähte.

An dem Weihnachtsfest, bevor ich sechs Jahre alt wurde, lag etwas merkwürdiges Braunes vorm Tannenbaum. Mama sagte:»Was ist denn da noch?« Ich sagte:»Mamas Tasche?« Aber, oh weh! Es war mein Ranzen! Ich sollte ja im Frühjahr zur Schule. Und das wollte ich überhaupt nicht gerne! Und dann lag da noch so eine Art Strauch mit einer roten Schleife dran – oh weh, eine Rute! Ich habe geweint. Ich war enttäuscht. Das war für mich kein schönes Weihnachtsfest. Ich kann mich nicht erinnern, dass ich an diesem Weihnachtsfest noch etwas Schönes bekommen hätte. Wahrscheinlich habe ich nur das Schlechte in meiner Erinnerung behalten.

Einmal bekam ich ein Puppenhaus aus Holz, mit richtigen Holzmöbeln und später einen eisernen Puppenherd. Auf dem konnte man richtig kochen. Es wurden Esbit- Stückchen auf einen Blechteller gelegt, angezündet und durch eine Klappe in den Herd geschoben. Es war sozusagen »offenes Feuer.« Ich durfte nur damit kochen, wenn Mama in der Nähe war. Auf der kleinen Pfanne röstete ich Schwarzbrotwürfel und kochte auch Pudding.

Ein anderes Mal bekam ich die große Puppe, die Ursel mit echten Zöpfen. Meine Mutter hatte sie schon als Kind geschenkt bekommen, und ich bekam sie mit neu genähten Kleidchen. Und als ich eine kleine Nähmaschine bekam, die richtig funktionieren sollte, mit einer Handkurbel daran, da war ich glücklich. Leider ging sie nicht, hat nie funktioniert. Die Enttäuschung war sehr groß.

Weihnachten 1959 wurde bei uns dann nicht mehr gesungen. Nie mehr. Mein Vater war im April gestorben. Opa hielt Papas Bild in der Hand und weinte. Die Stimmung war gedrückt. Alle weinten. Ich verbiss mir das Weinen. Ich weiß nicht, wie ich das geschafft habe. Es war so ein trauriges Fest. Zehn Jahre alt war ich, mein Bruder erst sechs. Man merkte ihm nicht an, dass er traurig war. Genau kann ich es nicht sagen. Ich war mit mir selbst beschäftigt. Die Erwachsenen auch. Die schönen Kinderweihnachten waren vorbei. Endgültig.

Die Oma mütterlicherseits hatte am 23. Dezember Geburtstag. Dann wurde dort schon Weihnachten gefeiert. Wir waren jedes Jahr eingeladen. Es trafen sich Vettern und Cousinen, Onkel und Tanten. Wir fuhren mit der Kreisbahn vom Faulücker Bahnhof bis Kappeln und gingen dann zu Fuß über die Schleibrücke nach Schwansen. So ungefähr vier Kilometer Fußmarsch werden es gewesen sein. Der Weg kam mir immer endlos vor. Meist war es sehr kalt.

Wenn wir endlich am Ziel waren, hielt ich meine kalten Füße an Omas Kachelofen. Es gab dort leckeres Weihnachtsessen: Gänsebraten, Eis. Das kannten wir von zu Hause nicht. Geschenke gab es natürlich auch, für mich immer ein Buch. Das war das Schönste! Ich durfte mir immer eins wünschen. Wir Kinder mit zwei Cousins und zwei Cousinen tobten im langen Flur, rutschten mit den Fußmatten hin und her. Wir hatten viel Spaß und wurden auch oft ermahnt. Die Heimfahrt war nicht schön. Mein Onkel fuhr uns mit dem Auto nach Hause, und mir wurde immer schlecht.

Ich habe den alten Weihnachtsschmuck meiner Mutter jetzt bei mir. Sie lebt nicht mehr. Die Großeltern, Onkel und Tanten sind auch lange schon fort. In meiner Familie bin ich jetzt die Älteste.

Ich liebe besonders den gläsernen Schneemann. Der gehört jedes Jahr in unseren Tannenbaum und auch noch ein paar ganz alte Glasvögel. Es sind sogar noch einige von mir als Kind gebastelte Strohsterne hier. Ein paar Kindheitserinnerungen gehören einfach mit in den Baum! Wenn ich den Baum schmücke, wandern die Gedanken zurück in die Kindheit, ganz automatisch. So eine Art Sehnsucht ist dabei nach dem, was niemals wiederkommen kann.

Weihnachten möchte man es ruhig und friedlich haben. Alles soll möglichst schön sein. Es wird »Frohe Weihnachten« und »Frohes Fest« und »Gesegnete Weihnachten« gewünscht und man hofft, dass es dann auch so wird. Wer sonst nie in die Kirche geht, macht sich am Heiligen Abend dorthin auf den Weg. Wer sonst nicht singt, tut es zu Weihnachten.

Es wird zu Weihnachten mehr gestritten und geweint als sonst. Das bringt so manche falsche Erwartung mit sich. Auf Befehl klappt so ein »Weihnachtsfrieden« eben nicht. Aber: Weihnachten ist das Fest des Lichts. Von nun an wird es jeden Tag heller. Das Licht siegt über die Finsternis, so wie es immer war.

Die Kinderzeit ist längst vorbei. Das sogenannte Weihnachtsgefühl, das ist geblieben. Ich glaube, dass es in jedem von uns Menschen ist, auch wenn es mancher leugnet. Jeder hat irgendetwas, das ihn mit Weihnachten verbindet, und sei es nur die Angst vorm Weihnachtsmann.

Die alte Puppe

… war auch mal jung,
als meine Mutter sie bekam
mit Zöpfen aus echten Haaren
und einem Pappkarton
voll selbst genähter Puppenkleider.
Das war irgendwann
in den 1920er Jahren.
Unterm Tannenbaum 1958
saß sie und lächelte mich an.
Voller Freude nahm ich sie in den Arm.
Meine Ursula!
Ich schleppte sie mit mir herum,
kämmte ihr Haar
und erzählte ihr Geschichten.
Ihr Haar ging damals schon aus.
Das fand ich sehr dumm!

2017
Ein alter verstaubter Karton,
unterm Schrank hervorgezogen,
dort fast vergessen,
und in der hintersten Ecke im Schrank
hat Ursula so lang gesessen.
Sie lächelt mich an,
trägt ihr gepunktetes rotes Kleid.
Ach, ich müsste sie mal umziehen!
Meine Gedanken wandern zurück
in die Kinderzeit.
Es ist so lange her!
Ich nehm sie in den Arm,
sie schließt die Augen,
sie ist schwer wie ein echtes kleines Kind.
Wo nur all die Jahre geblieben sind!

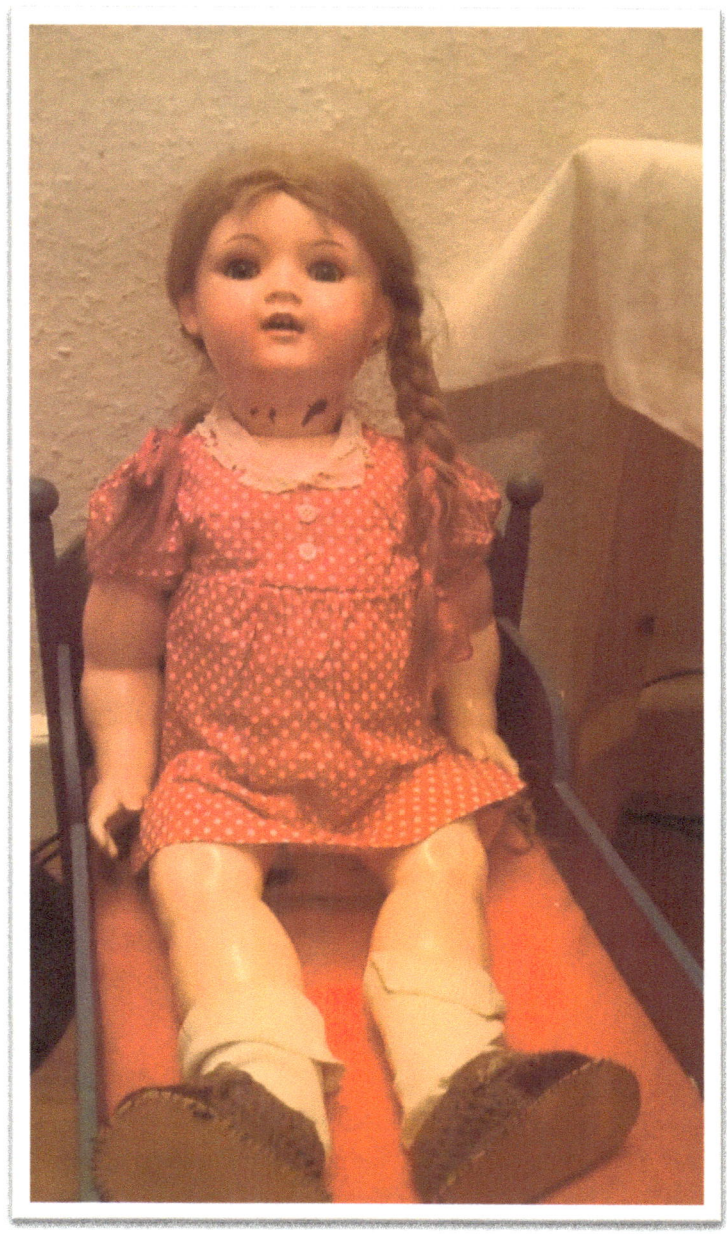

Silvesterstiefel

Am Silvesterabend gingen wir seit Jahren mit unseren Freunden ins Theater. Schon im Oktober wurde überlegt, wohin wir danach zum Essen gehen wollten. Unser Ziel sollte einmal das »Ringelnatz« sein, wo ein Sechs-Gänge-Silvestermenü angeboten wurde. Wie schön! So etwas hatten wir noch nicht mitgemacht. Also wurde ein Tisch vorbestellt.

Silvester kam. Es hatte geschneit, aber der meiste Schnee hatte sich schon wieder in Matsch verwandelt. Kalt war es und weiterer Schneefall angesagt. Also entschloss ich mich, meine schwarzen Stiefeletten anzuziehen. Ich hatte sie lange nicht mehr getragen. Ganz hinten im Schuhschrank fand ich sie, etwas staubig. Mit einem Lappen noch schnell den Staub abgewischt – zur Garderobe passten sie gut.

Sie waren sozusagen »zeitlos« und hatten keine Absätze. Genau das Richtige für mich, weil ich nicht gerne Schuhe mit hohen Hacken trage. Wir fuhren los und holten auf dem Hinweg wie immer unsere Freunde ab. Der Parkplatz beim Theater war schon ziemlich voll, sodass wir das Auto ganz hinten in der letzten Reihe abstellen mussten und ein wenig weiter zu laufen hatten. Es war nicht so praktisch, sich auf dem schnee-matschigen Platz im Dunkeln den besten Fußweg auszusuchen.

Das Theaterstück war sehr lustig, wie es sich für eine Silvestervorstellung gehört. Gut gelaunt und voller Vorfreude auf das Essen spazierten wir die Treppe hinunter zur Garderobe. Ich hatte am rechten Fuß ein merkwürdiges Gefühl. Irgendwie so kalt. Unten angekommen sah ich, dass an der Außenseite meines Stiefels die Sohle locker war. Es klaffte schon eine Öffnung – kein Wunder. Du liebe Zeit! Na, wir sollten ja gleich wieder sitzen. Halb so schlimm.

Aber nun ging es über den Parkplatz. Da merkte ich schon, dass die Sohle sich mehr und mehr löste. Igitt, mein Fuß wurde nass! Kein Wunder bei den vielen Pfützen und dem Matsch. Als ich im Auto saß, musste ich voller Schrecken feststellen, dass die Sohle sich fast vollständig abgelöst hatte. Also musste ich wohl irgendwie gleich ins Lokal schlurfen, um sie nicht ganz zu verlieren. Wie peinlich!

Unsere Männer amüsierten sich. Meine Freundin war voller Mitgefühl. Als wir beim Lokal ankamen, hatte ich schon Angst auszusteigen, aber es half ja nichts. Ich schlurfte sozusagen langsam ins »Ringelnatz« hinein. Und um das Maß vollzumachen: Der linke Stiefel begann nun auch damit, seine Sohle zum Teufel zu schicken. Das durfte doch wohl nicht wahr sein: Stiefel ohne Sohlen!

Wir wurden an unseren Tisch geführt und setzten uns. Ich nahm meine Beine so unter den Tisch, dass niemand der anderen Gäste meine Stiefel sehen konnte. Mein Mann wollte mir sein Taschentuch geben, damit ich meinen Fuß abtrocknen konnte. Ich lehnte empört ab. Wenn das jemand sah!

Ich hatte ja auch Papiertaschentücher dabei. Für diesen Zweck musste ich dann ja eine Örtlichkeit aufsuchen. Also blieb der Fuß nass und trocknete allmählich von allein. Das Essen war köstlich. Es begann mit einem Süppchen, dann kam ein Vorgericht, und danach einer der drei Hauptgänge. Alle Tische waren besetzt. Ein feuchtfröhliches Geschnatter war schon im Gange.

Wir bestellten Rotwein. So ganz langsam wandelten sich mein Unmut und die Peinlichkeit in Gleichgültigkeit. Ich musste auch lachen über mein Pech. Eigentlich wollte ich zur Toilette gehen, traute mich aber nicht, weil ich Angst hatte, dabei die Sohlen zu verlieren. Zuletzt – wohl oder übel – ging kein Weg daran vorbei. Das heißt: Ich schlurfte an den dicht besetzten Tischen vorbei durchs ganze Lokal, ohne meine Füße anzuheben. Natürlich hatten wir den weitesten Weg zur Toilette. Es interessierte sich niemand für meine

Füße, aber ich hatte trotzdem das Gefühl, dass alle auf meine Stiefel starrten. Kurz vor Mitternacht waren wir beim Dessert angelangt, und allen wurde dazu ein Glas Sekt serviert. Die Gäste standen auf, um Raketen abzuschießen oder zu knallen oder einfach nur, um zu schauen. Auch wir gingen nach draußen. Inzwischen hatte ich wirklich damit zu tun, die Stiefel irgendwie mit Sohlen dran an den Füßen zu halten. Ich entfernte mich nicht so weit von der Tür. Die Glocken begannen zu läuten. Wir stießen mit unseren Sektgläsern an und wünschten uns ein frohes neues Jahr.

Auf der Heimfahrt im Auto lachten wir über mein Missgeschick. Und ich dachte: Wie dumm war ich doch gewesen! Warum hatte ich mir teilweise deshalb den Abend verdorben? Ich hätte die Dinger im Lokal einfach ausziehen sollen. Es hätte nicht einmal jemand bemerkt. Ich überlegte, wie alt die Stiefel eigentlich waren. Vielleicht zehn Jahre? Konnten auch fünfzehn sein. So oft hatte ich sie gar nicht getragen, meist nur zum Ausgehen. Die Stiefel wurden bei unserer Ankunft sofort in die Mülltonne befördert.

Jedes Jahr wieder am Silvesterabend kommt das Gespräch irgendwann auf meine »Silvesterstiefel«. Das schöne alte Schleswiger Theatergebäude gibt es nun leider nicht mehr. Es soll wohl irgendwann ein neues Theater gebaut werden. Bis jetzt ist noch kein neues Theater in Schleswig in Sicht.

Altjahrsabend

Als ich noch ein Kind war, in den fünfziger und sechziger Jahren, erlebte ich Silvester etwas anders als heute. Der Altjahrsabend – so nannte man das Jahresende eher – wurde zu Hause verbracht. Es gab keine Feuerwerkskörper, und die Räume wurden nicht geschmückt. Das Rummelpott-Laufen war sehr verbreitet, noch mit einem »richtigen« Rummelpott, aus einer Schweinsblase gebastelt. Man ging von Haus zu Haus und knarrte mit dem Rummelpott vor der Tür, und es wurde gesungen:

> »Fru, mok de Dör op, de Rummelpott will rin!
> Hau de Katt de Swanz aff,
> hau em nich to lang aff,
> laat een lütten Stummel staan,
> dat de Katt kann wiedergaan.«

Wir verkleideten uns. Die Leute mussten raten, wer wir waren. Meistens erkannten sie uns natürlich, denn zu Fuß zur nächsten Nachbarschaft kamen wir nicht so weit herum.

Es soll nicht vergessen werden zu erwähnen, dass in früheren Zeiten die Rummelpottläufer aus den ärmeren Schichten stammten. Die »kleinen Leute« gingen zu den Bauern, um sich ein bisschen Geld und Leckereien zu holen. Das war in meiner Kinderzeit schon nicht mehr so. Vielleicht ist dadurch aber der Rummelpott-Brauch entstanden. Meist gab es eine Leckerei oder etwas Kleingeld. Man sagte ein Gedicht auf und wünschte ein gutes neues Jahr.

Wir haben als Kinder auch manche Nachbarn mit »Puttschurten« geärgert, also etwas vor deren Haustüren geworfen, alte Blumentöpfe oder auch mal Glasflaschen. Wir rannten anschließend schnell weg und freuten uns, wenn wir das Geschimpfe hörten. Am Neujahrsmorgen sagte meine Oma immer: »Fröhlich Niejohr, mien Niejohrsgaaf!« Wer es zuerst sagte, war gut dran. Der andere musste ein kleines Geschenk rausrücken. Aber sie wollte nie etwas.

Manchmal band man auch die Türen zu oder versteckte die Schubkarren. Und als es dann Mülltonnen gab, wurden diese versteckt. Man fand sie dann irgendwo ganz hinten im Garten wieder.

In der Zeit zwischen Weihnachten und Neujahr war die Sitte hier in Angeln weit verbreitet, keine Wäsche zu waschen. Es hieß, dass es sonst Unglück bringt. Manche sagten sogar: Wenn man es täte, würde im kommenden Jahr in der Familie jemand sterben. Wenn ich einen alten Menschen hier in Angeln frage, ob er zwischen Weihnachten und Neujahr wäscht, dann kommt oft ein entrüstetes Nein. Vielleicht ist es auch ganz gut, wenn man vor den Festtagen die Wäsche erledigt hat und dann Zeit für andere Dinge hat. Es gibt ja genug zu tun mit dem Kochen und Backen, und es werden in dieser Zeit üblicherweise Besuche gemacht oder Einladungen vorbereitet. Irgendeinen Sinn hat es wohl doch, dass man zwischen Weihnachten und Neujahr nicht wäscht, und ich werde es weiterhin so halten, weil es ein alter Brauch ist. An Silvester zum Mittagessen wurden Förtchen – anderenorts Futtjes genannt – gebacken. Hier in Angeln heißen sie Appelkoken.

Es ist ein Hefeteig, und man braucht dazu eine Pfanne mit Vertiefungen, sodass man runde Bällchen – eben rund wie ein Apfel – ausbacken kann. Meine Mutter backte die Appelkoken auf dem Feuerherd über der offenen Flamme. Der Herd hatte noch Herdringe, die man je nach Topfgröße herausnehmen konnte. Dazu gab es Saftsuppe, am liebsten angedickt mit Sago, mit Backobst darin, sehr viel mit eigenen getrockneten Äpfeln. Mit der rechten Hand aß man die Suppe, und mit der linken stippte man die Appelkoken in

Zimt und Zucker ein. Üblich ist es auch heute noch, einen oder mehrere mit Senf zu füllen. Welch ein Spaß, wenn jemand dann den mit Senf erwischt hatte!

Das Rezept – es gibt verschiedene, hier ist meins –: ein halber Liter lauwarme Milch, 6 bis 8 Eier, 500 g Mehl, etwas Salz, 1 Würfel Hefe, zerlassene Butter zum Ausbacken in den Vertiefungen der Appelkoken-Pfanne. Die Eier trennen, Eiweiße schlagen und unter den gegangenen Hefeteig heben. Der Teig ist etwa so wie ein zäher Pfannkuchenteig. Mit zwei Gabeln werden die Bällchen gedreht.

Außerdem war das »Berliner«-Backen sehr verbreitet. Man holte sie sich beim Bäcker oder backte sie selber. Heute ist in unserem Haus das Backen dieser leckeren Appelkoken immer noch üblich. Ich freue mich, wenn ich Silvester genug Zeit dafür habe.

Die Knallerei heutzutage finde ich nicht gut, vor allem nicht, wenn es übertrieben wird. Aber die Zeiten ändern sich und die Sitten auch. Es wird für Knallkörper viel Geld ausgegeben. Zum Glück wird immer mehr daran gedacht, dass Haustiere – besonders Hunde – die Knallerei gar nicht mögen und es außerdem ganz bestimmt nicht umweltverträglich ist.

Rummelpottläufer gibt es immer noch. Auch Erwachsene machen den Spaß oft mit. Für sie gibt es dann ein Schnäpschen, und so mancher musste wahrscheinlich schon vor Mitternacht ins Bett. Ich finde es schön, um Mitternacht anzustoßen und sich mit einem Glas Sekt ein gutes neues Jahr zu wünschen.

Grünkohl

Grünkohl ist etwas Leckeres. Er gehört zu Herbst und Winter einfach dazu, ebenso wie das Rübenmus. In diesem Jahr habe ich keinen Grünkohl gepflanzt, sondern ihn frisch bei Kartoffel-Lausen geholt. Ich fand nur eine einzige kleine Raupe darin. Ich dachte, dass Raupen im Gemüse auch immer weniger werden und daran, wie es mir damit vor ein paar Jahren passiert war:

Im Garten standen noch ein paar prächtige Grünkohlpflanzen. Ich hatte sie stehen lassen, damit sie ein bisschen Frost abbekommen sollten. Nach dem letzten Sturm namens »Nils« sah der Garten noch zerzauster aus als ohnehin schon. Vom Reneclaudenbaum waren dicke Äste abgebrochen und lagen kreuz und quer auf dem Rasen. Das schon etwas demolierte Treibhaus bot einen traurigen Anblick, aber der Wind konnte ja nun hindurchfegen, ohne weiteren Schaden anzurichten. Die herausgefallenen Platten waren im Inneren auf den Boden gelegt worden. Zwei Selleriepflanzen, von einer schiefen Platte halb verdeckt, warteten noch darauf geerntet zu werden. Die Petersilie schaute aus zusammengewehtem Laub heraus. Auf dem Plattenweg, der zum Komposthaufen führt, lag viel Laub und von Vögeln herausgekratzte Gartenerde. Der Grünkohl wurde aus der Erde gezogen und das untere Ende der Strunken auf dem Komposthaufen gelassen.

In der Küche wunderte ich mich, dass es doch eine ganze Menge Grünkohl war. Ich schätzte, es wären für uns zwei volle Mahlzeiten. Ich fing an, den Kohl abzustriebeln, also die Blätter von den Stielen abzustreifen. Die Spüle wurde mit lauwarmem Wasser gefüllt und die erste Ladung Kohl abgewaschen. In der Regel wasche ich immer dreimal durch, damit auch jeglicher Schmutz und – ganz wichtig – eventuell darin befindliche Raupen im Waschwasser landen.

Nach der zweiten Waschung lag unten in der Spüle ein winziges Räupchen. Igitt! Doch eine drin! Naja, wird ja nochmal gewaschen. Nach dem dritten Mal war das Wasser klar, und nichts schwamm darin umher. Also, ab zum Blanchieren ins heiße Wasser. Mit dem Holzlöffel den Kohl schön runterdrücken, damit möglichst viel in den großen Topf hineinpasst, noch einmal das Obere nach unten kehren, mit dem Schaumlöffel herausheben ins Sieb zum Abtropfen. Und so ging es bis zur dritten Fuhre weiter.

Ich dachte dabei an das Grünkohlabwaschen früher bei uns zu Hause. Das war immer sehr viel Arbeit gewesen. Mehrere Schubkarren voller Grünkohl wurden in der Scheune abgeladen und nach und nach in der Badewanne abgewaschen. Mit kaltem Wasser natürlich. Zahlreiche Raupen schwammen in der Wanne. Mit Grausen dachte ich daran. Der Grünkohl wurde dann in großen Mengen eingekocht. Es gab ab und zu auch »Haasenwelling«, eine Brühesuppe mit durchgedrehtem Grünkohl darin, mit Hafergrütze angedickt. Meine Lieblingsspeise war es nicht, ebenso wenig wie der Grünkohl mit Kassler, Schweinebacke und Kochwurst. Erst als Erwachsene mochte ich Grünkohl richtig gern.

So, die letzte Fuhre war im Topf. Ich nahm den Holzlöffel, um die Masse noch einmal umzudrehen. Da schaute etwas dicklich Weißes zwischen einigen Blättern hervor. Ich dachte: »Ach, ein Stückchen Holz« und fasste vorsichtig wegen der Hitze das Etwas an und zog es heraus. »Igitt, das ist ja eine Raupe, und sooo eine dicke! Pfui Teufel!« Sie landete in hohem Bogen bei den Kohlstrunken. Gargekocht, ganz weiß. Na ja, ich hatte es rechtzeitig bemerkt. Sämtlicher schon blanchierter Kohl wurde vor dem Kleinhacken nun sorgfältig durchsucht. Gott sei Dank, alles in Ordnung. Wenn sie weiß sind, sieht man sie ja wohl? Keine weiteren Raupenleichen zu finden. Ich muss mich ja nicht so anstellen. War ja nur die eine.

Ich bereitete unser Mittagessen zu: Grünkohl mit Bratkartoffeln, dazu etwas Räuchertofu. Weil wir Vegetarier sind, kommt in den mit etwas Zwiebel gekochten fertigen Grünkohl nur Butter hinein und wird mit Salz abgeschmeckt. Es war ja nur diese eine Raupe! Man muss sich nicht so anstellen! Aber: Irgendwie hat mir der Grünkohl nicht so gut geschmeckt wie sonst.

Die kleine Spinne

Ich hatte Geburtstag und meine Nachbarinnen zum Frühstück eingeladen. Es ist jedes Jahr wieder eine nette kleine Runde. Wir freuen uns, dass wir ein paar Stunden zusammensitzen und klönen können, wie es hier auf dem Land bei uns üblich ist. Es gibt bei solchen Gelegenheiten meist Neuigkeiten zu hören. Man tauscht Rezepte aus und redet über die aktuellen Dinge in der Welt.

Diesmal hatten wir unsere Kindheit und Schulzeit im Vergleich zur heutigen Zeit »hervorgeholt«. Eine Nachbarin erzählte, wie schwer sie es als junge Frau hatte. Für eine Mark in der Stunde war sie putzen gegangen, um von dem »zusammengeputzten« Geld endlich eine Waschmaschine anzahlen zu können. Wir waren alle der Meinung, dass wir es jetzt doch ganz gut hätten. Und überhaupt wäre die Arbeit im Haushalt heute viel leichter mit den modernen Geräten, die wir zur Verfügung hätten.

Man würde auch längst nicht mehr so viel putzen wie früher. Wenn nur nicht beim offenen Fenster immer die Spinnen hereinkämen, meinte eine. Da zeigte meine Tischnachbarin nach oben, wo sich doch in diesem Moment eine kleine Spinne über ihrem Kopf abseilte. Ich nahm das kleine Tier vorsichtig mit beiden Händen und brachte es zur Fensterbank, wo ich es auf einer Topfblume absetzte. »Ich bringe keine Spinnen um«, sagte ich. »Dazu möchte ich euch eine Geschichte erzählen!« Alle sahen mich gespannt an. »Sollte ich diese Geschichte wirklich erzählen?«, dachte ich im gleichen Moment, weil es eine sehr persönliche Geschichte ist. Aber warum nicht? Erzählenswert war es allemal, was ich mit einer Spinne erlebt hatte. Dazu musste ich weit ausholen. Ich erzählte:

»Ich war 18 Jahre alt, schwanger, und es war der Tag meiner Hochzeit am 12. Mai 1967. Mein Ehemann und ich saßen auf den schön geschmückten Stühlen in der Kirche vor dem Altar, er im schwarzen Anzug und ich im weißen Hochzeitskleid mit Schleier. In den Händen hielt ich einen Strauß mit roten Rosen. Ich war glücklich. Aber wie ich da so saß, musste ich plötzlich an meinen Vater denken, der nun nicht dabei sein konnte. Er war schon gestorben, als ich zehn Jahre alt war. Ich spürte, wie mir deshalb die Tränen kommen wollten, und schon flossen sie einfach so heraus, und ich hatte nicht einmal ein Taschentuch dabei. Plötzlich war ich so unsagbar traurig. Es waren keine Tränen des Glücks. Mit einer Hand wischte ich mir übers Gesicht und versuchte krampfhaft, nicht mehr zu weinen. Da seilte sich genau vor mir eine kleine Spinne ab. Sie schwebte an ihrem Faden vor meinem Gesicht. Plötzlich war diese abgrundtiefe Traurigkeit nicht mehr so schlimm, und ich konnte mich besser beherrschen. Eine Braut darf weinen, dachte ich, aber doch nicht so sehr, dass sie schluchzen muss! Ich war gerettet. Die kleine Spinne hatte es geschafft, mich abzulenken.

Viele Jahre später – ich war inzwischen geschieden und zum zweiten Mal verheiratet. Es kam der Tag unserer Silberhochzeit. Es hatte in unserer Familie Unstimmigkeiten gegeben, sodass meine Enkelkinder wohl eingeladen, aber nicht gekommen waren. Nun saßen mein Mann und ich vor dem Altar, und wir sollten unseren Segen bekommen. Ich war aber so traurig und konnte mich nicht richtig freuen. Ich kämpfte damit, nicht zu weinen. Einige Tränen kämpften sich aber doch hervor. Da seilte sich vor meinen Augen, direkt vor mir, wieder eine kleine Spinne ab. Ich dachte: »Das darf doch nicht wahr sein, wieder die kleine Spinne!« Ich sprach sie in Gedanken an und dankte ihr, dass sie mich rettet. Das Schlimmste war vorüber. Inzwischen hatte ich gelernt, dass man durchaus mit Tieren kommunizieren kann, dass es kein Unsinn ist, was immer andere darüber denken. Ja, so war das! Und deshalb töte ich keine Spinnen! Vielleicht haltet ihr mich deshalb für etwas verrückt? Ich denke, dass die kleine Spinne sich ‚zufällig' gerade jetzt abgeseilt hat, damit ich diese Geschichte erzähle.«

Ich schaute in die Runde. Meine Zuhörerinnen waren ganz gerührt. Sie meinten, es wäre wohl eine Art von Wunder gewesen. Nur meine Tischnachbarin, vor der sich eben die Spinne abgeseilt hatte, meinte da zu mir: »Warum hast du sie nicht...«, und sie klatschte ihre Hände zusammen, » ...gleich so zerdetscht?« Ich dachte: »So verschieden sind die Menschen!«

Aber halt! Ich erkannte, dass sie nicht viel mitbekommen haben konnte: Sie trug ihre Hörgeräte nicht. Die hatte sie – wie so oft – zu Hause gelassen.

Kaffee und Kuchen

Wir Angeliter und Kaffee und Kuchen, das gehört ja wohl irgendwie zusammen. Es ist wohl nicht ganz so schlimm, wie es von Siegfried Lenz in seiner Geschichte »Jütländische Kaffeetafeln« dargestellt wird. Na ja, manchmal vielleicht doch, vor ein paar Jahren sicherlich noch.

Als ich nach Schnarup kam – das ist über fünfunddreißig Jahre her –, da war es durchaus üblich, eine reichliche Kuchen-, nein, eher Tortenauswahl anzubieten. Ungefähr so:

Zehn Damen waren zum Kaffee eingeladen. Das bedeutete: fünf verschiedene Torten, etwas trockeneres Gebäck und dann noch belegte kleine Brötchen mit Käse oder nur mit Butter bestrichen. Im Idealfall natürlich alles selbstgebacken! Und fehlen durfte zum Abschluss nicht das Kleingebäck, das meistens nur noch »rumgeschickt« wurde. Die am Ende des Tisches sitzende Dame wurde »dazu verurteilt«, den Anfang zu machen. Sie bekam die Tortenplatte mit einem Prachtstück von Torte und das Tortenmesser in die Hand gedrückt: »Oha, mutt ick dormit anfangen?«

Von Hand zu Hand wanderte die erste Torte um den ganzen Tisch herum. Vorgeschnitten werden die Torten hier in Angeln nicht. So hat man zum Glück die Möglichkeit, die Größe des Tortenstücks selbst zu bestimmen und kann alles durchprobieren.

Sobald der erste Kuchenteller leergegessen war, begann die Wanderung der nächsten Kuchenherrlichkeit. Die Kommentare waren meist: »Wat hest du bloß feine Koken.«–»Wat, noch een? Ick kann gor nich mehr! Aber een lütte Stück mutt ick noch probeern!«–»Oh jo, op düsse heff ick all tövt! Dörf ick mi dat Rezept opschrieben? Denn bruk ick nix mehr to Obendbrot!«

Nachdem alle Kuchen die Runde gemacht hatten, gab es selbstverständlich noch eine Ehrenrunde. Die Hälfte von allem – mindestens – blieb übrig, was nicht weiter schlimm war, denn eine Gefriertruhe war vorhanden, und Reste sind bekanntlich das Beste, nämlich ein paar Tage lang Torte zum Kaffee.

Eine Dame hatte immer eine ganz besonders leckere Torte anzubieten. Das Rezept hat sie bis heute niemandem von uns »Kaffeetanten« verraten. Jede hat sozusagen ihre Spezialität. So ungefähr weiß man, was für Leckereien zu erwarten sind.

Hier in Angeln gibt es die Sitte, niemals das letzte Stück zu nehmen. Das »gehört sich nicht«. Ein »Anstandsstück« muss auf der Kuchenplatte liegen bleiben. Das ist auch bei anderen Speisen so üblich.

Die Kaffeetafel-Runden sind mit den Jahren leider etwas kleiner geworden, natürlicherweise sozusagen. Und die Jüngeren pflegen diese Angeliter Tradition nicht mehr so sehr.

Ich erinnere mich gern an die Zeit, als meine Mutter und ich mit dem Fahrrad nach Kappeln fuhren, um Besorgungen zu machen. Ungefähr vier Kilometer waren es von meinem Elternhaus in die kleine Stadt. Die Fahrräder wurden entweder bei einer Bekannten abgestellt, wo es dann auch Kaffee und Kuchen gab, oder beim Fahrradhändler Hugo Maas in der Querstraße. Meist hatte meine Mutter im Konfektionsgeschäft Plath & Thiemann etwas zu besorgen. Es war für mich sehr langweilig, denn sie schnackte immer sehr lange mit einer dort arbeitenden Freundin. Nach dem üblichen Abklappern einiger Geschäfte freute ich mich sehr auf das Café Matthiesen. Im Verkaufsraum suchten wir uns Kuchen aus, die dann ins gemütliche Café an den Tisch gebracht wurden. Für mich gab es eine Bluna – eine Art Orangenlimonade –, und meine Mutter bekam ihr Kännchen Kaffee.

Im Café stand eine Musikbox. Für 50 Pfennig konnten drei Musiktitel ausgewählt werden. Meine Mutter liebte »Es hängt ein Pferdehalfter an der Wand« von Bruce Low und »Oh my Darling Caroline«, gesungen von Ronny. Meine Musikzeit kam erst etwas später. Mir machte es aber Freude, den Apparat zu bedienen. Zu Hause gab es noch keine Schallplatten.

Als ich dann später in meiner JAW-Zeit ein Jahr lang in Schleswig war, hatten wir vierzehn- bis fünfzehnjährigen Mädchen einmal in der Woche Ausgang, von 15 bis 17 Uhr. Das muss man sich mal vorstellen: nur zwei Stunden in der Woche freie Zeit! Natürlich wurde dann das Café im Lollfuß aufgesucht, ein Eis bestellt und die Musikbox in Gang gesetzt. So gaben wir unser knappes Taschengeld aus. Es war die Zeit von »Pretty Woman« von Roy Orbison, Mitte der sechziger Jahre. Oft kamen wir nicht ganz pünktlich zurück. Dann gab es ein richtiges Donnerwetter.

Die Zeit der Musikboxen ist schon lange vorbei. Die Zeit der Cafés zum Glück nicht. Mein Mann und ich gehen sehr gerne ins Café, fahren im Sommer ab und zu durch Angeln, und nach oder auch vor einem Cafébesuch wird ein Spaziergang gemacht, zum Beispiel am Strand entlang, auf der Birk, in Maasholm oder rund um Arnis. Angeln hat so schöne Ecken, eigentlich zu jeder Jahreszeit.

In Schleswig gab es mal ein besonderes Café, das »Canape«. Eine lange, steile Treppe führte nach oben. Für Gehbehinderte war die Treppe schwer zu bewältigen, für Rollstuhlfahrer unmöglich. Das »Canape« existiert nicht mehr. Es war so gemütlich mit den alten Möbeln und dem antiken Kaffeegeschirr. Die Teller und Tassen passten nicht immer zusammen. Es hat uns nicht gestört. Nachdem die alte Inhaberin vor Jahren in Rente ging, war es für uns nicht mehr dasselbe. Das fanden wohl mehrere Leute, denn es war nach der Umgestaltung nicht mehr viel los. Das Besondere war dahin. Irgendwann hat es für immer dichtgemacht.

Unser Lieblingscafé ist nun das Kaffeehaus Ebsen in Süderbrarup. Es ist für uns eine liebe Gewohnheit geworden, dort ab und zu einzukehren. Das Frühstücken gefällt uns auch sehr, in kleiner oder auch größerer Runde. An einer Wand über dem Sofa ist ein schöner Spruch zu lesen: *Es sind die Begegnungen mit Menschen, die das Leben lebenswert machen.*

Natürlich braucht es zum Genießen nicht unbedingt ein Café. Auch zu Hause in unserem Gartenhäuschen sitzen wir gerne, sobald es wieder wärmer wird. Meist können wir, wenn die Sonne scheint, das Gartenhaus ab März schon benutzen. Herrlich auch für mich, die Mittagsstunde darin mit einem Buch zu verbringen, und dann kommt irgendwann mein Mann dazu mit dem Tablett Kaffee und Kuchen.

Ein Picknick, am besten bei Sonnenschein, ist auch nicht zu verachten. Eine Freundin und ich haben einmal Ende März mit Klapptisch und Hockern an der Schlei gesessen mit Blick auf die Schleibrücke in Lindaunis. Es war etwas frisch, und ohne unsere Jacken wäre es doch zu kalt gewesen. Aber es war so schön, in der Natur zu sein, zu schnacken, den Kaffee zu genießen und übers Wasser oder in die Landschaft zu schauen. Meine Freundin hatte sogar ein Tischtuch und Servietten dabei.

Einmal haben wir es uns auch am Idstedter See gemütlich gemacht. Aber Kaffee und Kuchen gehören einfach dazu. Ich finde, dass es wichtig ist, sich schöne Momente zu gönnen. Besonderes in dieser doch schwierigen Zeit.

Klaus und Elisabeth

Vor einigen Jahren im Herbst kamen Klaus und Elisabeth, ein wunderschönes Gänsepärchen, zu uns auf den Hof. Unsere jungen Leute hatten die beiden auf einer Geflügelausstellung gesehen und konnten es nicht lassen, sie mitzunehmen. Sie fanden sie so schön und meinten, hier bei uns könnten sie doch gut leben. Leider hatten wir keinen Stall für sie, nur den Hühnerstall, den eine Schar von ungefähr fünfzehn Hühnern und ein Hahn bewohnte.

Wir bekamen zu hören, dass Gänse nicht unbedingt einen Stall brauchen. Aber vielleicht könne man ja noch einen kleinen Gänsestall bauen. Na gut, nun waren sie da und durften bleiben. In unserem »Park« war reichlich Rasen, also Gras für sie vorhanden, und bei den Hühnern gab es Korn. Dieser Park war einmal der Platz, auf dem sich unsere Silohaufen befanden. Nach Aufgabe der Landwirtschaft hatte mein Mann die Idee, das Gelände mit Bäumen zu bepflanzen und einen Minipark daraus zu machen. Auf dem Teich konnten sie schwimmen. Es musste noch eine Verbindung vom Teich zum Park hergestellt werden, und zwar so, dass kein Huhn in unseren Park konnte. Ab und zu schaffte es mal eins und legte sein Ei in ein Versteck. Das war ja auch nicht schlimm, wenn wir nur wussten, wo es denn zu finden war. Ich wollte nur nicht, dass alle Hühner sich über den ganzen Park hermachten und überall herumscharrten.

So klappte es ganz gut. Die Gänse durften überall hin, die Hühner nicht. Meist watschelten Klaus und Elisabeth zu den Hühnern in den Stall, um dort die Nacht zu verbringen. Genauso gern übernachteten sie im offenen Treckerschuppen unter einem alten Miststreuer.

Im Hühnerhof war Ganter Klaus jetzt der absolute Herrscher. Ein ihn störendes Huhn wurde einfach gepackt und fortgeschleudert, oder er hackte mit dem Schnabel auf das arme Huhn ein. Einige Hühner hatten bald ein etwas demoliertes Federkleid. Für die Hühner hinausgeworfene Essensreste wurden immer zuerst von Klaus inspiziert, ob für seinen Geschmack etwas dabei war. Erst dann ließ er die Hühner ran. Seine Frau Elisabeth war dagegen absolut friedlich.

Die Gänse liebten unseren Hofplatz. Sobald eine Pforte offenstand, zum Park oder Hühnerhof, waren sie da und schnatterten freudig: »Wir haben es geschafft, wir haben es geschafft!« Sie kamen gern bis zu unserer Hintertür. Leider verteilten sie bei der Gelegenheit auf den Gehwegplatten ihre Hinterlassenschaften, die man dann wieder beseitigen musste. Wenn jemand Fremdes auf den Hof kam, gaben sie ein Geschrei von sich, das niemand überhören konnte. Eine Gans ist eben ein sehr guter »Wachhund«.

Wir hatten uns bald an sie gewöhnt. Auch Fanni, unsere Hündin, musste sich daran gewöhnen. Zuerst jagte sie die Gänse, wurde aber ermahnt, sich zu benehmen und ließ es auch sein. Sie ließ sie einfach in Ruhe.

Es wurde Winter. Der Teich war zugefroren. Wie immer wurde den Hühnern bei Frost jeden Morgen frisches Wasser gebracht. Für die Gänse wurde nun eine riesengroße alte Waschschüssel mit Wasser bereitgestellt. Sie begnügten sich nicht mit dem bisschen Hühnerwasser. Und sie platschten damit herum, sodass eine Sauerei im Stall entstand. Deshalb wurde die Schüssel vor den Stall gestellt.

Im späten Winter wurde Klaus aggressiv. Klaus und Elisabeth fingen mit der Balz an. Der Teich war noch zugefroren. Wir beobachteten eine Paarung in der großen Schüssel. Sie wussten sich zu helfen. Aber was nun? Wo sollten sie denn brüten? In der hintersten Ecke im Hühnerstall baute die Gans ihr Nest. Irgendwann lag das erste Ei darin. Klaus bewachte seine Frau und das Nest äußerst stark. Nicht nur die Hühner, auch Fanni hatte nun zu leiden. Wenn wir durch den Park gingen, kam der Ganter angerauscht und ging auf Fanni los. Die machte fortan einen großen Bogen, um an Klaus nicht vorbeizumüssen. Einmal schaffte es Klaus, unsere Fanni zu kneifen. Auch auf uns rannte Klaus mit vorgestrecktem Hals und lautem Zischen zu. Ich blieb dann stehen und breitete die Arme aus. Dann stoppte er kurz vor uns seinen Lauf, schnatterte und nickte mit dem langen Hals und schimpfte vor sich hin.

Elisabeth fing mit dem Brüten auf fünfzehn Eiern an und verließ das Nest nur selten. Nun stand Klaus vor dem Hühnerstall und hielt dort Wache. Eine Gans brütet länger als ein Huhn, 28 Tage lang. Uns bewegten viele Gedanken: »Was sollen wir mit kleinen Gösseln? Wir sind Vegetarier. Wenn sie alle im Park laufen, dann ist dort bald eine platte Fläche. Gänsekötel sind sowieso schon genug da. Zum Schlachten bringen – kein schöner Gedanke. Und bis es soweit ist – nein danke! Wir werden sie verschenken, sobald es geht.«

Die Brutzeit war abgelaufen. Immer noch tat sich nichts, kein Gänschen geschlüpft. Wir warteten noch. Aber dann legten wir ein Ei ins Wasser – keine Bewegung. Es sank nach unten. Ein Ei wurde geöffnet. Ein furchtbarer Gestank breitete sich aus. Alle Eier waren faul und nicht befruchtet worden.

Die arme Elisabeth hatte vergeblich vier Wochen auf den Eiern gesessen. Das tat uns dann doch sehr leid. Die beiden liefen wieder einträchtig im Park umher, Elisabeth sichtlich abgemagert. Irgendwie waren wir aber doch froh, dass sich die Sache so von selbst erledigt hatte. Dafür hatte sich aber ein Huhn in den Park zurückgezogen. Irgendwo auf dem Knick hatte es unbemerkt seine Eier ausgebrütet. Nun kam es mit seinen Küken zum Vorschein. Das freute uns sehr. Ein Kükenbauer wurde fürs Füttern in den Park gestellt, um die Schar zahm zu bekommen: zwölf Küken, bunte und weiße. Später stellte sich heraus, dass sechs davon Hähnchen waren. Da hatten wir nun doch ein Problem. Wir ließen sie vorerst alle bei den

Hühnern laufen, verschenkten dann einen sehr hübschen Hahn an einen Nachbarn, und etwas später holten Bekannte dann die erwachsenen Hähnchen ab, um sie ihrem Zweck zuzuführen – leider wohl dem Kochtopf.

Klaus und Elisabeth erlebten den zweiten Winter bei uns, kamen wieder in die Balz, und dasselbe Drama ereignete sich. Sie blieben ein kinderloses Ehepaar. Im dritten Jahr brütete Elisabeth unter dem Miststreuer, das heißt: Sie kam gar nicht so weit. Die Eier wurden regelmäßig fortgeholt. Zuerst dachten wir, dass ein Fuchs die Eier holt, aber das war wohl absolut unwahrscheinlich. Dann hätte er gleich die Gans genommen. Wir haben den Übeltäter nicht erwischen können. Vielleicht ein Marder, oder die Elstern, die uns manchmal die Eier aus dem Hühnerstall stahlen. Es ist nicht aufgeklärt worden.

Im nächsten Jahr saß Elisabeth auf dem Knick, brütete wie immer auf schlechten Eiern. Mager geworden lief sie anschließend wie immer mit ihrem Gatten Klaus im Park umher, und es war irgendwie schön, die beiden Gänse so einträchtig zusammen zu sehen. So sollte es wohl immer weitergehen. Dachten wir. Aber in diesem Jahr wurde Elisabeth krank. Eines Tages lag Elisabeth tot unter dem Walnussbaum. Klaus trauerte sehr um sie. Einsam stand er lange so herum. Er tat uns so leid! Eine neue Frau wollten wir ihm nicht besorgen, denn Gänse bleiben ein Leben lang zusammen.

Und wenn es an ihm gelegen hatte, dass es mit dem Brüten nie klappte, so würde alles von vorne anfangen. Nach einiger Zeit lief er überall allein herum, bewachte auch das Grundstück, was an dem Geschrei zu hören war. Aber er war zahm geworden und ärgerte die Hühner nicht mehr so viel. Er übernachtete am liebsten draußen, nun ganz allein unter dem alten Miststreuer.

Nach einigen einsamen Monaten fanden wir dann seine Federn. Ein kläglicher Rest war zurückgeblieben in der Ecke des Parks, am Drahtzaun. Ein paar Federn lagen auf der Koppelseite. Und beim

Spazierengehen mit dem Hund fanden wir an einigen Stellen noch mehr Federn, viele am Knick und einige noch auf der Koppel, die an das Moor grenzt. Ziemlich eindeutig: Ein Fuchs hatte ihn geholt, war über den Drahtzaun gesprungen, hatte Klaus dort abgemurkst und ihn einfach über den Zaun gezogen. So muss es wohl gewesen sein. An der Stelle ist der Draht etwas niedriger. Schade um ihn. Aber einsam und allein musste er nun nicht mehr sein. Es war wohl gut so.

Das Hühnchen

Vor ein paar Jahren kam ein kleines Zwerghühnchen zu uns. Ihre Besitzer hatten die Hühner abgeschafft. Bei Bekannten wurden die meisten untergebracht, um dort weiter in deren Hühnerschar zu leben. Keins sollte im Kochtopf enden.

Aber eines der Hühner war besonders zahm und auf Menschen fixiert. Es wollte nie bei den anderen Hühnern leben. Außerdem hatte es verkrüppelte Füßchen und konnte deshalb nicht so schnell laufen. Fliegen konnte es aber hervorragend. Uns wurde gesagt, dass es eigentlich kein Huhn sein wolle. Es wäre für ein Huhn auch schon ziemlich alt und würde keine Eier legen. Aber ob wir es denn bei uns aufnehmen würden. Na klar, kein Problem. Mein Mann setzte es abends in den Hühnerstall zu unseren Hühnern.

Damit begann das Problem: Am nächsten Morgen flog das kleine Ding, das den Namen »Browny« hatte, einfach über den Drahtzaun auf unseren Hofplatz. Da saß es nun vor der Garage. Saß so unglücklich da. Ich brachte dem Huhn etwas Futter, Dinkel und Haferflocken. Es machte sich gierig darüber her. Eine Schüssel mit frischem Wasser wurde auch bereitgestellt.

Ein Huhn aus unserer Hühnerschar, das sich ab und zu auf unserem Hofplatz aufhält, um hinter einem Busch Eier zu legen, kam auf Browny zu und jagte das fremde Tier vom Futternapf weg. In Panik floh Browny in die Garage. Was tun? Ich suchte mir einen alten kleinen Korb, legte etwas Stroh hinein und stellte den Korb auf unsere Terrasse. Browny ließ sich auf den Arm nehmen, und so brachte ich das Hühnchen auf die Terrasse, wo es sich in den Korb setzen ließ. Dort blieb es den ganzen Tag. Es gurrte freundlich, wenn man es ansprach, mit einem ganz besonderen Klang, ganz anders als eigentlich ein Huhn Töne von sich gibt. Es ließ sich gern streicheln und auf den Arm nehmen. So lebte es sich sicher besser als im Hühnerstall, besonders, wenn man gar kein Huhn sein wollte!

Am Abend trug mein Mann Browny zurück in den Hühnerstall. Er meinte, sie könne nicht draußen bleiben. Dort könne sie von einem Raubtier, vielleicht einem Fuchs geholt werden. Am nächsten Morgen, nachdem die Hühner herausgelassen worden waren, sahen wir Browny wieder auf dem Hofplatz sitzen, und eindeutig war sie auf dem Weg zur Terrasse. Sie wollte nicht bei den anderen Hühnern bleiben.

Na gut, dann sollte es eben so sein. Ich fütterte sie auf der Terrasse. Da kam eines der anderen Hühner um die Ecke. Browny flog

voller Angst auf und landete auf dem Rand der großen Regentonne. Ich legte ein Brett quer darüber, um zu verhindern, dass sie beim nächsten Mal vielleicht in der Tonne landet. Wenn es dämmrig wurde, flog Browny immer auf den kleinen Gartentisch. Von dort wurde sie nun jeden Tag zurück in den Hühnerstall getragen.

Oft saß sie unter der Gartenbank. Auf den ersten Blick war sie nicht zu sehen. Sollte das nun immer so weitergehen? Mein Mann trug sie abends in den Hühnerstall. Irgendwann saß sie am nächsten Morgen wieder auf der Terrasse, wo inzwischen schon die Spatzen und Meisen die Futterplätze aufsuchten.

Es wurde Dezember, Weihnachten, Silvester. Weil wir ein paar Tage nicht zu Hause waren, wurde sie von unserem Sohn zum Hühnerstall transportiert. Dann – eines Abends – war sie nicht mehr da. Alles wurde gründlich abgesucht. Kein Hühnchen zu finden, auch keine Federn. Wo war sie hingeraten? Was war ihr passiert? Keine Spur mehr von Browny.

Wir hatten uns schon an sie gewöhnt. Vielleicht hat sie doch ein Fuchs fortgeholt. Wir werden es wohl nicht erfahren, was mit ihr geschehen ist. Sie hat bei uns ihr Gnadenbrot bekommen. Und mit dieser Geschichte eine Erinnerung an das kleine Hühnchen, das kein Huhn sein wollte.

Festvorbereitungen in Angeln

Wenn im Dorf eine Hochzeit stattfinden soll, dann ist das meistens schon länger bekannt und daher eine Planung in der Nachbarschaft bereits im Gange. Nicht jedes Mal, aber doch noch öfter ist es üblich, dass dem Brautpaar – wenn es gewünscht wird – am Abend vor der Hochzeit eine Girlande über dessen Haustür angebracht wird. Eine selbst gebundene im Idealfall; manchmal wird diese auch bei einem Gärtner bestellt.

Dieses Kranzbinden findet meist in der nächsten Nachbarschaft statt, am besten irgendwo draußen auf der Terrasse oder im Garten, weil es doch ein wenig »Dreck« macht. Aus Buchsbaum, Koniferengrün und Tanne werden zwei kranzbindenden Damen kleine, passend zugeschnittene Büschel von den mithelfenden übrigen Nachbarinnen zugereicht. An einem langen Tau werden diese von den Enden her bis zur Mitte hin mit Blumendraht befestigt. Das kann schon mal eine ziemlich lange Girlande werden, je nach Größe der Haustür, was vorher – von den Männern – abgemessen wird.

Mit dem Tau hat es vor der ganzen Aktion oft eine besondere Bewandnis:»Weeten ji, wer een Tau hett?«–»Wann is denn toletzt een bruukt woorn?«–»Ik glööv, dat licht noch door, wo de letzte Girland ophungen worn is!«–»Ick kümmer mi dorüm.«

Mit dem Schild ist es einfacher. Meist muss es neu gekauft werden. Aber auch das Schild bekommt einen Schmuck rundherum mit Buchsbaumgrün und auch Blümchen. Für mich war das immer eine elendige Fummelei, die ich lieber anderen überlassen habe.

Oft ist noch ein Kranz für den Kirchenschmuck nötig, um die Stühle fürs Brautpaar zu schmücken. Außerdem werden kleine Blumensträußchen gebunden, die dann beim Aufhängen der Girlande auf dieser verteilt werden. Nicht jeder hat die dafür passenden Blumen im Garten. Aber es kommt aus den verschiedenen Gärten eigentlich immer genug für den Blumenschmuck zusammen.

Wenn es für eine Silberne, Goldene oder sogar Diamantene Hochzeit ist, wird natürlich noch anderer Schmuck benötigt. Auch dafür finden sich immer bastelfreudige und talentierte Frauen – natürlich auch Männer. Bei einer Hölzernen Hochzeit – für zehn Jahre – wird die Girlande mit hölzernen Haushaltsgegenständen geschmückt: Holzlöffel, Schneidbretter oder was sonst aus Holz so gebraucht werden kann. Es ist sehr schwierig, eine »richtige« Holzgirlande aus Holzspänen zu bekommen. Jemand hat vielleicht Kenntnis, wo eine aufbewahrt wurde. Mein Mann und ich konnten an unserem zehnten Hochzeitstag eine hölzerne an unserer Haustür bewundern!

So eine Festvorbereitung macht Arbeit. Man kann schon mit ein paar Stunden rechnen. Aber danach geht's ans Kaffee trinken und Kuchen essen. Das Aufräumen wird auch gemeinsam erledigt. Dabei wird in fröhlicher Runde geschnackt und gelacht. Es macht einfach Spaß!

Und dann kommt die Hauptsache: das Aufhängen. Eine Aktion für die ganze nähere Nachbarschaft. Die Männer bewaffnen sich mit Trittleiter, Hammer und Nägeln. Die Girlande wird von mehreren Personen getragen, die Blumensträußchen und andere benötigte Utensilien von allen mitgenommen, und im Gänsemarsch geht's zur Wohnung des Jubelpaars. Da steht manchmal sogar schon eine Leiter bereit. Dort lässt sich niemand sehen. Obwohl sicher schon mal hinten rum oder durch die Gardine das ganze Treiben beobachtet wird, denn es braucht so seine Zeit, bis die Girlande hängt und fertig geschmückt ist. Es wird wohl auch die Anzahl der Mitwirkenden gezählt, um zu wissen, wie viele Schnapsgläser benötigt werden. Alles muss gut aussehen. Hier und da wird noch geordnet und an dem fertigen Schmuckstück herumgezupft. Eine Arbeit für die größeren Personen, die ganz nach oben »hinlangen« können: »Dat iss aber scheef! Nimm de Struusch beeten höher. Joo, so kann dat angahn!« Endlich kann geklingelt werden. Falls es sich um eine Grüne Hochzeit handelt, wird natürlich »gepoltert«. Scherben bringen Glück!

Die Gesellschaft tritt zurück und erwartet das Jubelpaar. Dieses kommt heraus, um sich alles anzusehen, tut manchmal sehr überrascht, freut sich und lobt den Türschmuck. Der eingeschenkte Schnaps und auch Likör auf dem Tablett steht bereit, wird herumgereicht, und mit »Prost« werden die Gläser geleert. Es werden natürlich Fotos gemacht, um das Ereignis festzuhalten. Danach wird man ins Haus oder in die Garage, manchmal auch in ein Zelt gebeten, wo der Polterabend mit einer Suppe oder einem Imbiss gefeiert wird.

Ich erinnere mich an so manches Girlande-Aufhängen hier in Schnarup. Einmal war es ein 100. Geburtstag, und eine Ehrenpforte schmückte noch zusätzlich die Auffahrt. Als mein Mann und ich unsere Silberhochzeit feierten, konnten wir auch eine Ehrenpforte an der Hofeinfahrt bewundern. Das hatten wir nicht erwartet, und es freute uns sehr. Wenn in einer Gaststätte gefeiert wird, ist es üblich, auch die Eingangstür der Gaststätte zu schmücken.

Bei den Feierlichkeiten kommt es auch heute noch vor, dass etwas aufgeführt wird – vielleicht ein Sketch oder ein Gesangsvortrag, und meist wird für diesen Zweck auch gedichtet. Dafür trifft sich die Nachbarschaft in irgendeinem Haus, und es wird beratschlagt, was denn zu machen sei. Bei dieser Gelegenheit kann auch gleich das Geld für ein Geschenk eingesammelt werden. Jemand wird beauftragt, es dann beim Fest zu überreichen. Verschiedene Vorschläge werden diskutiert, und es gibt vielleicht mehrere Treffen. Es ist nicht immer so einfach, das richtige Konzept zu finden. Es hat aber, soviel ich weiß, immer Spaß gemacht.

Es ist zu hoffen, dass dieser schöne Brauch nicht ausstirbt. Die Nachbarschaft kommt zusammen, und das ist doch wichtig.

Een Ohrworm

Dor is sunn Schnack
irgendwo in mien Kopp,
aff un too
duukt dee immer wedder opp,
wenn ick door lang fohr,
op de dore Straaat an de Schlie,
an datt Noor vörbie
bi Grödersby.
Ick seh datt witte Huus.
Und denn hör ick de Stimm.
Ick kann nix dorför,
is jo ook gornich schlimm.
Aber ick fraach mi, worüm
ick datt immer wedder hör:

»Krischaan, Krischaan!
Laat de Katt
nich bi de Fisch kaam«!

Nachwort

Ich nehme noch einmal mein altes Poesiealbum zur Hand, blättere darin herum und bleibe bei einem Spruch hängen, der mir damals als Kind noch nichts weiter zu sagen hatte:

Licht und Schatten muss es geben,
soll das Bild vollendet sein.
So ist später auch im Leben
nicht nur Sonnenschein.

Ein Herz schmückt die linke Seite. Darin steht geschrieben: *Viel Glück, Herta!* Darunter eine Vase mit Blümchen. Soviel Mühe, alles selbst gemalt.

Ohne den Schatten gäbe es kein Licht und ohne Licht keinen Schatten. Es gehört zusammen. Niemand wird in seinem Leben nur glücklich sein. Glück ist immer etwas Besonderes, sozusagen ein Geschenk. Das kleine Glück wird sogar oft übersehen.

Ich erinnere mich an einen Satz, den mein Großvater aus Schwansen jedes Mal beim Abschied zu uns sagte, auch zu den Erwachsenen. Ich mochte diesen Satz nicht, habe aber auch nie nachgefragt, warum er uns immer mit den Worten »Beter di!« ärgern musste. Ich dachte nur, dass wir ihm nicht gut genug wären.

Heute denke ich, er hat nur sagen wollen, dass wir nicht aufhören sollen zu lernen und vor allem, nicht zu denken, wir wüssten schon alles. Wir sind gut, aber Verbesserung ist möglich. Egal, wie alt wir sind. Wir lernen, solange wir leben.

Danksagung

Ich danke meiner Freundin Maria Volkermann, die mir Mut ge-
macht hat, meine Gedichte und Geschichten zu veröffentlichen.
Ohne sie wäre es nie dazu gekommen! Ich sage meinem Mann
Johannes danke für die Geduld, wenn ich beim Schreiben die Zeit
vergessen habe und besonders für hilfreiche Antworten auf meine
Fragen, was das Plattdeutsche angeht. Ich bin unserem lieben
Freund Detlef Flüh sehr dankbar mich ermutigt zu haben, dass dieses Projekt »unter die Leute kommt«. Ich danke Ulrich Barkholz und
dem 5W-Team, dass ich in dem Dorf-Infoblatt für Schnarup-
Thumby meine Geschichten veröffentlichen konnte, denn damit hat
alles angefangen. Danke, lieber Uli, für deine Hilfe, denn ohne dich
wäre es mit der Pub-
likation der Angeln-
Geschichten
schwerlich was ge-
worden. Wenn man
allein nicht weiter-
kommt, fragt man
am besten jeman-
den, der sich damit
auskennt, und das
bist du!

*Mein Papa und ich und Hund Pussi
auf der Hauskoppel*

Ich danke meinen
lieben Großeltern,
die ja schon lange
nicht mehr leben, aber ich denke, dass sie mich trotzdem sehen. Gerade durch sie befindet sich meine Erinnerung sehr oft in der Vergangenheit. Ich durfte den Bücherschrank meines Großvaters in

Schwansen durchstöbern und lernte Bücher lieben. Außerdem erklärte er mir bei Spaziergängen die Namen vieler Pflanzen. Meine beiden Großmütter hatten immer Zeit für mich, für Spiele oder Gespräche. Mein Großvater in Faulückfeld erlaubte mir das Spielen in seiner Werkstatt und zeigte uns Kindern, wie man einen Flitzebogen baut oder andere nützliche Dinge, zum Beispiel Stelzen und Drachen. So manchen Hammer, Spaten oder auch Nägel und Schrauben konnten wir Kinder gut gebrauchen!

Mit Mama vor der Haustür, als mein Vater uns nach Hause geholt hatte. Die Wohnung in Faulückfeld war frei geworden. Die darin untergebrachten Flüchtlinge waren nach Kappeln gezogen.

Meine Mutter hatte es nach dem frühen Tod meines Vaters, den ich immer noch vermisse, sehr schwer. Ich danke ihr für die Geduld mit mir, ich habe es ihr nicht immer leicht gemacht. Ich bin mir sicher, dass meine Eltern, wo immer sie nun sind, ein Auge auf mich haben.

Ich hatte eine sehr schöne Kindheit!

Zeitfracht Medien GmbH
Ferdinand-Jühlke-Straße 7
99095 Erfurt, Deutschland
produktsicherheit@kolibri360.de